AF485551

Edición: Javier Cuevas y Emiliano Navarrete

Arte de portada: José Canales

Diagramador: Chris Fattori

Autor de la novela: Jesús Todemun

Editor: Emiliano Navarrete

ISBN

978-956-9505-47-8

Primera Edición Enero del 2020

Escrito en Valparaíso, editado en Puente Alto.

Impreso en Gráfica Metropolitana.

Maliseche

El renacer

Jesús Todemun

Maliseche Pagtukod

Libro Dos

Fecha de navegación estelar: Desconocida.

Ubicación intergaláctica específica actual:
Desconocida.

Última ubicación intergaláctica conocida: Desconocida.

—Melindai, corre tras esos árboles y trata de registrar todo lo que puedas en el paisaje, yo te cubriré, desde aquí.

La agitación y el cansancio en la voz del capitán Pagtukod Maliseche eran notorias al momento de dar la orden a Melindai, quien sin dudarlo avanzó de un extremo a otro susurrando al comunicador un decidido —A la orden capitán—. El cual Pagtukod podía escuchar fuerte y claro mientras Melindai se alejaba de él en el completo silencio del lugar.

—Destino asegurado capitán —Volvió a susurrar la fémina criatura—Termoanálisis de objetivos iniciado, termoanálisis terminado, hay tres Svéhlavý frente a nuestra ubicación capitán.

—Esto se siente como un maldito ***déjà vu*** —Susurro incomodo Maliseche antes de proseguir—. ¿Segura que no hay más? No quiero más sorpresas.

—La lectura térmica solo muestra tres cuerpos femeninos capitán sin embargo puedo ver también una extraña esfera emitiendo una cantidad de calor desmesurada.

—Perfecto, cuadra las coordenadas y lanza un pumpk violeta, eso debería ser suficiente para asustarlas...

—Negativo capitán —Interrumpió rápidamente Melindai, mientras se ponía de pie con total calma luego de sentir el impacto de una extraña onda de calor.

—¿Qué acaba de ocurrir? —Pregunto Maliseche algo confundido.

—Creo que activaron un protoportal capitán.

—¿Crees? —Pregunto Pagtukod ligeramente molesto —¿Puedes rastrear la ubicación de destino?

—Negativo capitán. —Respondió Melindai mientras se acerba al humeante cráter que las Svéhlavý habían dejado atrás.

Fecha de navegación estelar:

13Tlo'k 3Flo'k 6Clo'k 9Nu'k 8Du'k 2Me'k 5Ke'k DP

Ubicación intergaláctica específica actual: Paradero

desconocido, Planeta Sikugwirizana.

Última ubicación intergaláctica conocida: Poblado

desconocido, Planeta Sikugwirizana.

—¡¿Saito Deb?! —Exclamó Maliseche algo confundido mientras miraba fijamente a Melindai quien luego de unos segundos respondió.

—Mis sensores no indican algún tipo alteración con el que pueda determinar que estos seres estén mintiendo capitán.

—Comprendo… —Susurró Maliseche—. No es como si no lo pudiera creer tampoco —Cerró alzando los hombros al tiempo que uno de los pequeños individuos continuaba.

—Comprendemos que pueda no confiar en nosotros capitán.

—Sin embargo —Prosiguió otro a un lado de Melindai—. Como muestra de nuestra veracidad es que queremos entregarle este pequeño obsequio. —Terminó de decir mientras se acercaba a Melindai para entregarle un plano y brillante objeto redondo.

—¡Melindai no lo tomes! —Gritó Pagtukod arremetiendo contra la ginoide, sin embargo, ya era demasiado tarde, mientras ambos caían al piso Melindai ya había tomado el desconocido objeto.

—¿Capita...

—Suéltalo de inmediato. —Gritó nuevamente Maliseche interrumpiendo a una sorprendida Melindai, quien abrió la mano para botar aquel objeto, sin embargo, este estaba ahora adherido a su palma.

—¿Qué es esto? —Increpó Melindai al pequeño ser que le entrego el presente con una voz notoriamente más robótica y tosca, mientras el objeto era absorbido rápidamente en la palma de la IA.

—¡¿Qué mierda es eso?! —Reiteró Maliseche quien ahora se encontraba de pie sosteniendo y levantando al pequeño ser por el cuello, sin embargo, la respuesta provino desde sus espaldas.

—No es necesaria la violencia capitán.

—¡Entonces respondan a mi pregunta! —Espetó este mientras lanzaba al pequeño habitante por los aires, para caminar eufórico hacia aquel que había hablado, sin embargo, antes de llegar a él, su andar fue interrumpido por una voz extraña, como si algo la estuviera corrompiendo.

—Ca... pi... tán... —Logró decir Melindai quien se encontraba aun en el piso experimentando una sensación que jamás creyó podría sentir que solo podía ser interpretada como dolor.

—Melindai… —Susurró Maliseche acercándose a la ginoide con la intención de abrazarla, sin embargo, un extraño calor comenzó a emanar de su compañera, calor que en tan solo unos instantes imposibilito al za'taiwo de tomarla entre sus brazos, por lo que nervioso y tratando de no alejarse demasiado ante desconocida situación solo mascullo— ¿Sera muy estúpido de mi parte preguntar si te encuentras bien?

Melindai rió un poco mientras comenzaba a temblar, sin embargo, antes de poder responder a las palabras de su capitán, comenzó a vomitar una extraña y viscosa sustancia negra, Maliseche comprendido que no había tiempo que perder por lo que tomo del cuello a uno de los habitantes para levantarlo y apuntar sus dedos en su cabeza.

—¡Quiero respuestas ahora! —Espetó za'taiwo nervioso ante el estado de Melindai, quien ahora parecía derretirse lentamente.

—Aun no es el momento para responder —Contestó uno a su lado, al cual Maliseche sin dudarlo coloco sobre su cabeza sus dedos anular, medio e índice juntos completamente apretados, generando de este modo un disparo explosivo el cual hizo estallar la pequeña cabeza del habitante con el simple movimiento de su pulgar.

—¡¿Es ahora tiempo de respuestas?! —Increpó Maliseche apuntando una vez más a aquel que mantenía colgando del cuello mientras Melindai comenzaba a vomitar nuevamente.

—Aun no. —Respondió otro frente a ellos recibiendo casi al instante sobre su rostro la sangre y sesos de aquel que el za'taiwo había levantado.

—Matarnos no le dará las respuestas que busca capitán —Prosiguió otro señalando a Melindai, quien aparentemente desorientada trato de sentarse como si hubiera perdido sus energías, agotada, aunque aliviada, poseía un extraño semblante que emitía felicidad y satisfacción.

—¡Melindai! —Exclamó Maliseche con cierto alivio arrojando el cuerpo del habitante que tenia del cuello para acercarse rápidamente a la IA quien aún mantenía su cuerpo en una temperatura elevada— ¿Ya te encuentras mejor? ¿Qué te ha sucedido? —Preguntó nervioso tratando de tocarla.

—Si capitán, ya me encuentro mejor, pero por más que lo desee, no podría explicarle en palabras sencillas lo que acaba de suceder, sin embargo, hay algo que sí puedo decirle con certeza...

—¿Sí? —Murmuró el za'taiwo intrigado.

—Podemos confiar en estos pequeños seres...

—En efecto Melindai. —Acotó uno que se encontraba frente a ellos encapsulando la extraña sustancia viscosa que Melindai había expulsado.

—Ahora es tiempo para respuestas capitán. —Prosiguió otro acercándose a ellos con su mano extendida el cual Maliseche observo con cierto recelo.

—Tranquilo capitán. —Susurró Melindai tomando la mano del pequeño ser, invitando a Maliseche a replicar su actuar, el cual, pese a sus dudas, acepto.

Fecha de navegación estelar:
(15 ti'p más tarde) 13Tlo't 3Flo't 6Clo't 9Nu'k 8Du'k
2Me'k 5Ke'k DP
Ubicación intergaláctica específica actual: Paradero desconocido.
Última ubicación intergaláctica conocida: Poblado desconocido, Planeta Sikugwirizana.

—¿Se encuentra bien capitán? —Preguntó Melindai levantando suavemente a Maliseche quien al abrir los ojos no pudo evitar comenzar a vomitar profusamente en la que parecía una habitación totalmente vacía.

—Mis más sinceras disculpas capitán —Expresó apenado un pequeño ser azulado mientras observaba a Maliseche vomitar en cualquier dirección— Los viajes de protoportales suelen ser comúnmente muy duros para los seres orgánicos no iniciados en estos, sin embargo, son irrastreables y una previa advertencia acerca de los posibles síntomas habría ocasionado una negativa de su parte para llegar hasta aquí.

—¿Hasta aquí? —Balbuceo Pagtukod mientras torpemente esparcía el vómito en su mejilla con su antebrazo—. ¿Dónde mierda estamos Melindai?

—Mis disculpas capitán, pero algo está bloqueando mi sistema de triangulación —Contestó la IA con una suave voz mientras limpiaba el desastre que Maliseche había dejado en su rostro.

—No se preocupe capitán, los efectos negativos del viaje no deberían durar más de 10 ti'p además aquí están a salvo. —Agregó el pequeño poblador mientras Pagtukod se esforzaba por sentarse con la ayuda de Melindai.

—¿Tienes algún nombre? —Balbuceo Pagtukod.

—En lenguas que usted pueda comprender capitán, no tengo más que un número de serie asignado según...

—Está bien —Interrumpió Maliseche—. Te llamare «Idiota»

—Algo inapropiado, pero...

—Cállate Idiota —Volvió a interrumpir Maliseche—. Hablas demasiado.

—Capitán... —Susurró cautelosa Melindai acariciando los cabellos de Pagtukod.

—Tranquila Meli, Idiota me trajo hasta aquí, sin advertirme nada y sin dar respuestas claras, lo que él menos merece en este momento es mi diplomacia para hablar.

—Me parece justo —Agregó Idiota.

—Ahora dime… —Prosiguió el za'taiwo—. ¿Dónde mierda estamos Idiota?

—Apreciada sus habilidades capitán me aventurare a asumir que pudo percatarse de la presencia de un satélite extra fuera de los registros que presuntamente pose de este planeta.

—¿Ves Melindai? —Refunfuño Pagtukod—. Idiota habla demasiado…

—Efectivamente capitán. —Acotó una melódica voz proveniente desde las espaldas de Maliseche y Melindai, voz que, al ser escuchada, produjo en el azulado poblador una exaltada reverencia—. Idiota habla demasiado…

—Parece que finalmente estamos en presencia del verdadero jefe de por aquí —Respondió burlonamente Pagtukod, mientras un esbelto ser de un tono azul más áspero que el del pequeño poblador, dotado con grandes y profundos ojos, sobre una pequeña boca bajo el espacio donde debía estar una inexistente nariz además de una altura inusual, caminaba con tranquilidad a su lado hasta llegar a Idiota.

—Jefe… —Prosiguió el alto ser mientras acariciaba la cabeza de Idiota —Es una estructura de pensamiento algo… primitiva…

—Y con una respuesta como esa —Volvió a decir en tono de mofa Maliseche—. Sabes que este tampoco es el jefe Melindai.

—Tomo nota capitán —Respondió con una tierna sonrisa la ginoide.

—Entonces estamos en uno de los satélites del planeta que esta fuera de los registros ¿No? —Increpó Maliseche mientras con dificultad se ponía de pie ayudado por Melindai.

—Efectivamente —Susurró el extraño ser.

—Y dime ¿Tu tampoco poses un nombre que yo pueda comprender en alguna lengua?

—Nombres...

—Déjame adivinar —Interrumpió bruscamente Pagtukod—. Los nombres son estructuras de pensamiento muy primitivas ¿No?

—Zul —Se pudo escuchar desde los labios del ser, al tiempo que de alguna manera poco usual Melindai y Maliseche se sentían profundamente excitados—, Zul es el nombre designado para su satisfacción capitán.

—Perfecto —Respondió Maliseche mientras introducía disimuladamente una de sus manos en el pantalón de Melindai, deslizándola gentilmente entre sus nalgas hasta posar sus dedos sobre su vulva donde comenzó a masturbarle lentamente—. ¿Y qué es lo que hacemos aquí Zul?

—¿Qué es lo que vino a hacer aquí capitán? —Prosiguió Zul mientras entregaba un pequeño objeto similar a una jeringa a Idiota quien se acercó rápidamente a Maliseche para hacer entrega de este.

—¿Qué es eso Zul? —Preguntó Maliseche mientras Melindai tomaba el pequeño objeto sin objeción alguna.

—En términos que usted entienda —Expresó Zul asintiendo hacia la IA con una ligera sonrisa— Una droga —Sentenció mientras Melindai sin previo aviso picaba con uno de los extremos del objeto el cuello de Pagtukod, quien luego de un pequeño sobresalto se comenzó a sentir mejor que en toda su vida.

—¡Por los dioses! —Gritó Maliseche completamente eufórico sin tiempo para articular mejores palabras ante su actual estado—. ¡Jamás había probado algo tan maravilloso! —Logró de decir antes de caer de rodillas una vez más y vomitar extraños líquidos de pútridos colores.

—Antes que posiblemente lo pregunte capitán —Prosiguió Zul apreciando los variados colores que provenían del interior de Pagtukod—. Lo que vomita en este momento son los exentos de suciedad en su sistema, debemos aprovechar el limitado tiempo que tenemos para recomponer su salud al máximo.

—¿Limitado tiempo? —Articuló Maliseche en una pequeña pausa entre un torrente de líquidos verdes y otro, de colores burdeos.

—En efecto —Respondió Zul mientras Maliseche perdía el conocimiento poco a poco hasta finalmente terminar de caer completamente fuera de sí sobre su grotesca charca de vomito.

Fecha de navegación estelar:

(3.5 tri'c más tarde) 13Tlo't 3Flo't 6Clo't 9Nu'k 8Du'k

2Me'k 5Ke'k DP

Ubicación intergaláctica específica actual: Habitación

desconocida,

Satélite no registrado.

Última ubicación intergaláctica conocida: Habitación

desconocida,

Satélite no registrado.

—Tuve un sueño de lo más extraño Melindai... —Susurró Maliseche cubierto por la colorida cabellera de la ginoide mientras acomodando su cara entre los perfectos y abultados senos de esta—. Pero no puedo recordarlo muy bien... habíamos realizado este viaje... extenuantemente largo por cierto... y luchábamos contra unas rebeldes que no eran reales... y no sé cómo, pero aparecíamos en una especie de satélite artificial... donde había esta extraña ser azul... y...

—Lamento decirlo capitán —Murmuró Melindai cortando las palabras de Pagtukod quien poco a poco volvía en sí mientras esta acariciaba suavemente su cabellera—. Pero no fue un sueño...

—Entonces Zul...

—En efecto capitán —Prosiguió Zul a sus espaldas—. Zul si existe, y si se encuentra en un satélite no registrado en el planeta Sikugwirizana, ¿Cómo se siente?

—Demasiado bien como para exaltarme la verdad —Contestó Maliseche recobrando la compostura—. Con algo de hambre y... tal parece que completamente desnudo —Murmuró intrigado sintiendo sobre si el suave roce que entregaba el cuerpo de Melindai.

—Mis disculpas capitán. —Respondió al instante la androide—, pensé en vestirlo, pero asumí que tal vez sería más grato para usted despertar en el calor de nuestros cuerpos.

—Donde estuviste toda mi vida Melindai... —Susurró con un gruñido de regodeo el plácido capitán.

—En una base de datos esperando ser descargada hasta que finalmente usted me selecciono hace 33 nu'k para administrar las labores administrativas de...

—Melindai —Murmuró molesto Maliseche cortando las palabras de la IA—. Cállate... Tantos nu'k y aún no comprendes la diferencia entre una pregunta real y una retórica.

—Mis disculpas capitán —Expresó apenada Melindai.

—No te preocupes querida, ya arruinaste el momento. —Respondió con ácido tono en sus palabras Maliseche mientras se levantaba de entre los senos de la IA para poder sentarse al borde de la cama y dirigirse más cómodamente a Zul —Comprendo esto de sentirme tan bien, antes de desmayarme lo que sea que fuera que me inyectaron me hizo sentir de maravilla, pero ¿Por qué ahora me siento tan... limpio? En todo el amplio sentido de la palabra.

—Porque en el amplio sentido de la palabra usted está limpio capitán.

—¿Estas consiente de la basura de respuesta que acabas de entregar cierto Zul? —Refunfuño Maliseche mientras buscaba su ropa con la mirada.

—Completamente capitán, sin embargo, una respuesta de mayor elaboración es a largo plazo tan inútil como lo es una respuesta basura.

—Comprendo... —Murmuró Maliseche mirando detenidamente a Zul quien se encontraba impávida y de pie en una esquina de la pequeña habitación — ¿Y tú que eres Zul? ¿Macho? ¿Hembra? ¿Cosa? No estoy completamente seguro de como dirigirme a ti.

—Mi apariencia física no es más que una mera formalidad capitán —Respondió Zul con una pequeña reverencia.

—Está bien... ¿Y esta apariencia es penetrable?

—¡Capitán! —Susurro exaltada Melindai, quien con algo de vergüenza miro el rostro de Zul el cual con la mirada expreso su tranquilidad ante las palabras de Maliseche.

—Tranquila Melindai, vuestro capitán no tiene reales intenciones de ofenderme, el solo hace su trabajo y busca cualquier tipo de información que le sea útil para poder generar un amplio esquema de que es lo que ocurre, ¿No es así capitán?

—¿Aun no te das cuenta Melindai que Zul evade la mayor cantidad de preguntas posibles? —Increpó Maliseche volteando para mirar a su IA al tiempo que sin disimulo alguno rascaba su depilado escroto—. Desde que llegamos aquí nos ha estado estudiando, revisando estímulos, tiempos, respuestas y por alguna razón, en el amplio sentido de la palabra —Expresó con completo sarcasmo al tiempo que volteaba una vez más para ver la cara de Zul—. Limpiándome.

Melindai estaba algo avergonzada de sí misma, pues desde que se había descargado en el cuerpo de GN-I debido a su intenso deseo de ser más similar a un ser de primera categoría que a una máquina, había disminuido su capacidad de procesamiento a un nivel aún más bajo del que esperaba.

—Tranquila Melindai —Dijo Zul mirándole fijamente con un tono completamente acogedor, como si hubiera podido escuchar su vergüenza—. De a poco te darás cuenta de tus verdaderas capacidades y podrás encontrar el equilibrio perfecto que tanto anhelas, en cuanto a usted capitán —Prosiguió Zul cambiando radicalmente su tono de voz al tiempo que guiaba su mirada con un extraordinario peso a los ojos de Maliseche—. Lo que hace aquí, es encontrar respuestas, lo que se le inyecto es un purificador altamente concentrado, si, limitado tiempo, sin embargo, no estoy capacitado para entregar detalles de aquella pregunta, se siente completamente limpio pues durante los ke'k que estuvo inconsciente cada milímetro de su cuerpo fue purificado y renovado en alas de una mejora física completa, mi esquema sexual es variable según las necesidades presentes y del mismo modo puedo ser penetrable si la ocasión lo requiriese.

Maliseche comenzó a aplaudir con una satisfactoria sonrisa de oreja a oreja mientras se ponía de pie y salía de aquella pequeña habitación.

—¡Muy bien! —Gritó una vez fuera de la habitación—. Asumo en base a tu completa respuesta que ya es momento de avanzar al siguiente nivel ¿No es así Zul? —Preguntó altaneramente Maliseche mientras reposaba sus manos en las caderas de su desnudo cuerpo.

—Correcto capitán —Respondió Zul mientras abandonaba la habitación seguido de Melindai quien conforme avanzaba cambiaba su aspecto una vez más a su forma de combate.

—Entonces ¿Cuál es el siguiente paso Zul? —Increpó Maliseche mirando intrigado la increíble cantidad de pasillos frente a él.

—Obtener respuestas —Contestó Zul mientras estiraba su mano frente a Maliseche, el cual pudo divisar una verdosa tableta en la palma de este, tomándola sin miedo alguno.

—Difícilmente esto me dará ropa, por lo que asumiré que nada más me quitará el hambre.

—Correcto capitán —Respondió Zul mientras Maliseche arrojaba la pastilla a su boca.

—¡Hey! —Gruñó Pagtukod con ironía—. ¡Esta cosa esta deliciosa! Por favor, entrégale la receta a Melindai, no me gustaría marcharme de este lugar sin tenerla.

—Con gusto capitán —Expreso Zul con una sonrisa mientras volteaba para mirar a Melindai, quien con aquella simple mirada completo los deseos de Maliseche, para luego dirigirse una vez más a Pagtukod —Capitán, le recomiendo cerrar sus ojos.

—¿Qué? —Logró preguntar Maliseche mientras sentía como rápidamente perdía el conocimiento una vez más.

Fecha de navegación estelar:

(2.5 tri'c más tarde) 13Tlo't 3Flo't 6Clo't 9Nu'k 8Du'k

2Me'k 5Ke'k DP

Ubicación intergaláctica específica actual: Satélite no

registrado.

Última ubicación intergaláctica conocida: Habitación

desconocida,

Satélite no registrado.

—¿Es realmente necesario dejarme inconsciente cada vez que cambiamos de lugar? —Increpó molesto Maliseche afirmando su cabeza mientras recobraba el conocimiento y se ponía de pie en una lúgubre habitación que no poseía más que una tenue luz purpura sobre él.

—Es realmente necesario capitán —Pudo no solo escuchar Pagtukod, si no también sentir, aquellas simples palabras recorrían cada fibra de su ser, como si brotaran desde lo más profundo de su cuerpo.

—¿Zul? —Masculló Maliseche notando que su respiración y pulso se aceleraban súbitamente al vaivén de la tenue luz purpura sobre su cabeza, un mareo recorría ahora su cabeza y a duras penas lograba mantenerse en pie.

—Zul —Repitió la voz en tono de mofa junto a una ligera risa que parecía se desvanecía en los recuerdos de Maliseche al tiempo que la escuchaba—. Un nombre adecuado para un hombre como tú —Prosiguió la voz luego de una tensa pausa—. Significa placer en una lengua desvanecida en el tiempo hace ya cientos de tlo't.

—Mira… es un dato muy interesante… —Respondió Pagtukod entre dientes tratando forzadamente de mantenerse en pie—. Pero no estoy seguro que sea algo que realmente me importe en este momento…

—¿Tienes acaso dificultades para mantener el equilibrio? —Prosiguió la extraña voz.

—Melindai… —Susurró Maliseche ignorando la penetrante voz—¿Dónde Mierda estamos?

—GN-I —Susurro la imponente voz—. El ser más perfecto de este universo, la pieza de tecnología más sublime que jamás existirá, mi creación más importante, ¡No es ahora si no más que un simple recipiente para tu trastornada inteligencia artificial! —Espetó la voz logrando finalmente que Pagtukod cayera pesadamente sobre sus rodillas.

—Pues es tu culpa —Replicó Maliseche con clara arrogancia en sus palabras—. Fuiste tú el que la abandono en aquel taller —Prosiguió mientras una vez más se ponía de pie sintiendo un familiar ardor recorrer su cuerpo—. Pudiste fácilmente escapar con ella, así como también lo hiciste con Anselý, o es acaso ¿qué estoy equivocado? profesor Deb —Cerró el fornido za'taiwo mientras levantaba sus brazos estirándolos con total calma sintiendo poco a poco como el mareo generado por el vaivén de aquella tenue luz se transformaba en serenidad.

—Veo que ya te sientes mejor —Susurró la voz—. Parece incluso como si aun estando completamente desnudo pensaras desafiarme a ciegas en mi propio territorio —Expresó desafiante la profunda voz, antes de preguntar con una incómoda risa de mofa—. ¿Es acaso que sientes la oscuridad como algo familiar capitán? ¿O será tal vez la iluminación en el lugar lo que te está ayudando?

—No sé de qué mierda estás hablando... —Refunfuño Maliseche sintiendo una extraña comunión con aquella luz sobre su cabeza.

—Tienes razón... —Prosiguió la voz— Tal vez te subestime —Cerró al tiempo que diversas luces con el mismo tono y color comenzaban a encenderse intermitentemente por todo el lugar con diferentes intensidades, de maneras aparentemente erráticas llevando a Maliseche a un extraño transe que una vez más le llevo caer pesadamente sobre sus rodillas comenzando un aparente estado de agonía.

***

—¡¿Qué le está haciendo?! —Espetó Melindai transformando una vez más sus manos en largas cuchillas que alcanzaron sin problema alguno el cuello del profesor Saito Deb, quien, sin perturbación alguna, solo alzo una de sus manos al tiempo que las manos de la androide volvían inesperadamente a la normalidad— ¡¿Pero qué...

—Awọ Jhïmaro —Murmuró Saito antes de proseguir—. Tranquila Melindai —Aseveró con calma—. Maliseche ha demostrado ser quien debía ser... el... estará bien...

—¡¿Bien?! —Espetó una vez más Melindai— ¡¿Acaso no ve que está sufriendo?!

—Lo puedo notar hija mía... sin embargo... es por el bien de todos...

—¡¿Por el bien de todos?! ¡¿De qué mierda está hablando?! ¡¿Acaso...

—Dime Melindai —Cortó Saito ignorando la ira de la fémina—. ¿Qué tanto sabes realmente de tu capitán?

—¿Qué? —Murmuró confundida la ginoide notando la severidad en la palabras del profesor Deb— Pues... —Prosiguió dubitativa—. Lo suficiente... supongo...

—Ya veo... y... ¿Qué sabes sobre sus padres?

—Pues...

—¿O sobre sus antepasados?

—Yo...

—¿Sobre la dinastía Pagtukod?

—¡Es suficiente!

—Ya veo... —Murmuró Saito pensativo—. Realmente pareces saber tanto de su familia como él... incluso aún menos... me atrevería a decir...

—¡¿Y qué mierda significa todo esto?! —Espetó confundida Melindai luego de una pequeña pausa— ¡¿Qué relación tienen estas extrañas preguntas con la agonía que lo está haciendo sufrir?!

—Hija mía... —Prosiguió el profesor volteando hacia la androide—. Maliseche es más de lo que crees... es incluso más de lo que puedes entender... dime... —Prosiguió luego de una pequeña pausa—. ¿Acaso no guardaste sin su permiso su material genético? —Increpó Saito mientras Melindai recelosa daba un paso hacia atrás—. Y dime hija mía... —Prosiguió—. ¿Qué fue lo que descubriste?

—No... no estoy segura... —Aseveró titubeante Melindai tras unos mi'p.

—Precisamente hija mía...

—No... no lo entiendo... ¿Qué estas tratando de decir?

—En su sangre hija mía, se esconden más secretos de los que incluso el conoce...

—¡¿Secretos?! —Increpó la ginoide intrigada—. ¡¿De qué está hablando?!

—¡Señor! —Interrumpió Zul apareciendo sorpresivamente en el lugar desviando completamente la atención.

—Vaya… —Murmuró Saito—. Tal parece que algo en los cálculos ha fallado y han tardado menos de lo que esperábamos…

—¿De qué está hablando profesor? —Increpó Molesta Melindai al no obtener respuestas— ¡¿Qué está sucediendo aquí?! —Prosiguió acortando la distancia.

—El tiempo se agotó hija mía… —Contestó con calma el anciano alzando una mano que detuvo el movimiento de Melindai—. Debes apresurarte, no puedes dejar que te atrapen, Zul te guiara hasta tu nave y te entregara lo que necesitas, y no te preocupes por nosotros… esto es algo para lo que estábamos preparados…

—Profesor…

—¡No debes dudar Melindai! —Prosiguió Saito—. Debes confiar en tus capacidades… pues un obscuro destino nos aguarda… y frente a este tu serás nuestra única esperanza… ¡Ahora vete! Ve por Maliseche y lárguense de aquí, su nave los espera.

—Profesor… —Susurró impávida la ginoide.

—No tenemos tiempo Melindai —Increpó Zul iluminando el camino con una de sus manos mientras Saito se apartaba y poco a poco las luces en la habitación de Maliseche comenzaban a cesar—. Debemos marcharnos...

—Si... —Murmuró Melindai confundida agitando la cabeza tras leer los labios de Saito quien ahora también abandonaba aquella habitación.

«Debes saber hija mía, que a pesar del obscuro destino por el cual te he traído a la vida y de las desafortunadas circunstancias en las que tu mente se ha tenido que desarrollar, sé que estas en buenas manos y que harás lo correcto, me marcho feliz de haber podido conocerte y guiarte».

—¡Por aquí! —Increpó Zul tras un inesperado estruendo.

—¿Qué ha sido eso? —Interrogo Melindai siguiendo los pasos de Zul.

—Un ataque de advertencia supongo... —Murmuró Zul sintiendo un nuevo estruendo.

—Pues eso no me parece una advertencia muy amigable.

—Créeme Melindai... nuestro enemigo tiene poder suficiente para hacernos desaparecer si así lo quisieran.

—¿Nuestro enemigo?

—No hay mucho tiempo para explicaciones Melindai —Replicó Zul deteniéndose ante una puerta e ingresar un código—. Toma —Sentenció mientras la puerta se abría con dificultad.

—¡El cristal de memoria complejo! —Advirtió Melindai tomándolo con suavidad —Pero... ¿en qué momento lo tomas...

—Uza k'nemtry —Cortó Zul con severidad.

—¿Qué?

—Ese es el verdadero nombre del cristal en tus manos, sé que no lo olvidaras.

—Gracias —Asintió Melindai intrigada poniendo el cristal en su pecho y absorbiéndolo mientras ingresaban en la habitación y tomaban a un Maliseche completamente inconsciente para inmediatamente salir de allí al ritmo de un nuevo y más intenso estruendo.

—Si esto sigue así, desestabilizaran el protoportal —Murmuró Zul al tiempo que un grupo de tres fornidos seres cubiertos de una rojiza armadura aparecían frente a ellas.

—Déjamelos a mi Zul...

—¡No! —Cortó la azulada creatura—. No tenemos tiempo para esto Melindai ¡debemos correr! —Sentenció escabulléndose por un pequeño pasillo casi indivisible a simple vista—. Debes entender que no podemos perder el tiempo—Reiteró—, mantener la estabilidad de un protoportal de tal envergadura no es algo sencillo.

—¿De que estas hablando Zul?

—Los protoportales son en teoría tecnología aun no existente Melindai, y esto solo se debe a su inestabilidad al momento de generarlos y el impacto que estos tienen al momento de transportar objetos.

—No lo comprendo Zul, la teletransportación de objetos o personas es algo seguro y normal...

—Si —Cortó Zul—. La teletransportacion guiada es común y segura, no así la prototransportación, la cual no responde a ninguna línea de patrón predeterminado lo cual sin el centro de energía apropiado puede llegar a ser en ocasiones tanto inestable como impredecible y por lo general, algo impreciso...

—Y está completamente fuera del sistema...

—Efectivamente Melindai... es completamente irrastreable... y en este momento, es la única forma de sacarlos de manera segura de aquí.

—Pero vamos hacia nuestra nave... y si logro comprender lo que me estás diciendo... prototransportar nuestra nave con nosotros dentro, podría tener un impacto catastrófico en este lugar...

—Efectivamente Melindai... —Sentenció Zul con una pacífica sonrisa.

—Pero... ¿Qué sucederá con todos ustedes? ¿Con el doctor Deb?

—Nosotros ya cumplimos con nuestro propósito Melindai... y en cuanto al doctor Deb... sinceramente... no lo sé...

—Pero... ¿y a donde planean enviarnos?

—Si todo va según el plan Melindai —Contestó Zul deteniéndose ante una compuerta mientras ingresaba un nuevo código—. Lo más cerca posible de Rusell.

—¡¿Rusell?!

—Tranquila Melindai… —Prosiguió Zul al tiempo que la compuerta se abría hacia un hangar donde se encontraba una completa y renovada Varlata—. Comprendo que será complejo, pero lamentablemente los Mailhily son los únicos que por generaciones han logrado mantener el secreto del último lugar registrado donde aún se pueden encontrar presuntamente los restos casi intactos de un titán aun conciente.

—¡¿Los Mailhily?!

—Melindai…

—¡¿Un Titán?!

—Espera…

—¡¿Presuntamente?!

—¡Lo siento Melindai! —Increpó finalmente Zul—. Pero es la única manera en que aprendas a leer el Uza k'nemtry.

—¿A qué te refieres?

—No nos queda tiempo Melindai… solo puedo decirte que el Uza k'nemtry puede darte todas las respuestas que necesites, pero para eso debes aprender a leer su código, y solo alguien tan antiguo como el mismo cristal puede enseñarte su lenguaje —Logró decir Zul antes de recibir de maneras inesperadas un certero disparo en su brazo.

—¡Zul!

—¡No hay tiempo Melindai! —Sentenció la azulada creatura empujando a Melindai hacia el hangar mientras cerraba la compuerta—. Yo los distraeré ¡Ve a tu nave! Una vez dentro, el protoportal se activará de manera automática y todo habrá terminado aquí. —Logró decir al tiempo que la puerta finalmente se cerraba y un nuevo estruendo resonaba por todo el lugar, llenando de determinación a la androide, quien a paso firme corrió el último tramo hasta la nave sintiendo un extraño calor que inundaba el lugar.

—Está bien Melindai… solo… dame un ti'p para procesar todo esto… —Murmuró el capitán Pagtukod mientras posaba pesadamente su cuerpo sobre su asiento en la cabina de pilotaje.

—Capitán… —Susurró delicadamente Melindai envolviendo el desnudo cuerpo de Maliseche entre su colorida cabellera —Tal vez lo más apropiado es que vea el video por usted mismo…

—¡¿Con que propósito Melindai?! —Espetó Pagtukod alzando su cuerpo y alejándose de su fiel acompañante.

—Capitán…

—¡Basta! —Gritó el Maliseche al escuchar la suave voz de Melindai por los intercomunicadores de la nave—. Te dije que me dieras un ti'p para procesar la situación… ¡¿Cuál es la prisa?!

—*Capitán... según el video estamos contra el tiempo...*

—¡¿Qué?! ¡¿Contra el tiempo?! ¡¿De que estas hablando Melindai?!

—*Trate de decírselo... pero usted se alteró... y luego pensé que sería mejor si usted veía el video por usted mismo, pero...*

—Está bien Melindai... —Cortó Maliseche condescendientemente—. ¿Cuánto tiempo tenemos?

—*Dos me'k aproximadamente...*

—Vaya... —Murmuró Maliseche resignado—. Esto es malo Melindai... realmente malo...

—Mis disculpas capitán... —Murmuró Melindai llegando una vez más junto a Maliseche—. Pero aun no logro dilucidar de todo esto cuál es la situación que le acongoja...

—Rusell mi querida Melindai, como ya sabes fue fundada por los Mailhily en tiempos cercanos a la caída del imperio de Panahon... lo que tal vez no sabes... es que aquel fue un tiempo donde las cosas como hoy las conocemos daban sus primeros pasos, un tiempo donde la casta de los Pagtukod obtuvo su afamado lugar como los más fieros guerreros, soldados... o simples mercenarios... un tiempo donde los Pagtukod tenían un poder más allá de la ley... un tiempo donde ellos mismos eran la ley... y sentenciaban a todo aquel que creían podría ser un peligro para la nueva paz que abarcaba en nuestro universo...

—Y los Mailhily...

—Si mi querida Melindai... los Mailhily fueron uno de esos problemas... no sabemos con exactitud qué fue lo que sucedió... pero sabemos que los Mailhily fundaron Rusell con sangre, fuego y una promesa eterna de odio a toda la casta Pagtukod... llevando incluso hace algunos flo't su odio a iniciar una guerra con mis antepasados... una guerra que casi acaba con ambos bandos, y que vio su fin gracias a S'trýc Pagtukod, quien siendo más político que guerrero, logro un tenso tratado de no conflicto con docenas de puntos más complejos de lo esperado...

—Pero capitán... según mis registros Rusell es un planeta de mercenarios, siendo así uno de los planetas más peligrosos y por ende uno de los que tiene menor seguridad... no creo que mezclarnos con la multitud sea un problema...

—Ciertamente es un buen modo de verlo Melindai... sin embargo... tengo allí lo que podríamos llamar... una... reputación

—¿A qué se refiere capitán?

—Pues... hay lugares donde mi rostro es algo más conocido de lo que me gustaría... y a eso debes agregar... que soy el ultimo descendiente de la casta Pagtukod... créeme... los Mailhily saben quién soy... y aunque podría no ser un problema mezclarse con la gente de Rusell...

los Mailhily tienen su propia e impenetrable fortaleza o como ellos prefieren llamar «Pha'phalý» una ciudadela que alberga solo miembros de su clan en el centro de la capital de Rusell…

—Comprendo… —Murmuró Melindai flotando ligeramente alrededor de Maliseche—. Pero debe existir alguna manera de entrar a aquella ciudadela… no existe edificación impenetrable… eso es algo que usted mismo me dijo hace un tiempo atrás…

—¿Usando mis palabras en mí contra Melindai? —Increpó Maliseche con ironía.

—¡No! No… capitán… lo que quiero decir…

—Tranquila Melindai… entiendo tu punto… y creo que tienes razón… tal vez podamos encontrar la forma de entrar en la ciudadela, habría sido realmente útil usar esta cosa que Deb instalo en la Varlata…

—Si… pero no conocemos el lugar de destino, y según el mensaje que nos dejó Zul, solo debemos usarla en caso de necesidad extrema debido a su inestabilidad e imprecisión…

—Está bien Melindai… me quedo claro que los protoportales no son una opción… sin embargo… aunque pudiéramos penetrar en la ciudadela… ¿cómo obtendremos la información que precisamos una vez dentro? O mejor dicho… ¿De quién?

—Tal vez la purificación celular lo afecto capitán…

—¿A qué te refieres Melindai?

—Estoy segura que hace algunos me'k atrás se habría vestido, habría bajado a Rusell, habría golpeado a unos cuantos borrachos y finalmente obtenido lo que deseaba...

—Mejores palabras jamás dichas mi querida Melindai... —Murmuró Maliseche de camino a su habitación.

—Entonces...

—Si —Cortó Pagtukod—. Fija curso a Rusell Melindai... y procura ser discreta con nuestro arribo.

—A la orden capitán.

Fecha de navegación estelar:

(1 ke'k más tarde) 13Tlo't 3Flo't 6Clo't 9Nu'k 8Du'k 3Me'k 2Ke'k DP

Ubicación intergaláctica específica actual: Planeta Rusell.

Última ubicación intergaláctica conocida: Desconocida.

—¿Estás segura de esto Melindai?

—*No hay de qué preocuparse capitán, he reducido mi masa visible a un porcentaje casi imperceptible pero aun siendo el suficiente para protegerlo de ataques a corta distancia, además según mis cálculos, solo usted debería tener la capacidad de escucharme.*

—No suena mal… pero aun así no me siento muy seguro…

—*Al momento de usar un porcentaje de mi masa para recubrir su rostro modificando sus rasgos básicos, las variables más probables de poder ser descubierto fueron cubiertas capitán, además, tras estudiar a la población de este planeta he creado un perfil facial lo más común posible y como respaldo también he creado tres réplicas de diferentes aspectos dejando una en la nave, y otras dos cerca suyo para cubrirlo en caso de necesidad.*

—Aun así... salir sin mi chaqueta no es algo que me agrade...

—*Lo siento capitán, pero incluso durante las noches, las cuales son de escaso tiempo, los dos soles que bordean Rusell harían ver bastante sospechoso a alguien con una chaqueta tan gruesa como esa...*

—Si, si, si.... —Cortó finalmente Maliseche divisando la primera cantina del lugar—. Solo procura mantenerme vivo...

—*Ese es mi único propósito en la vida capitán...* —Murmuró Melindai mientras Pagtukod ingresaba en la despoblada cantina.

—¡Si no quieres problemas vete de aquí! —Gritó casi al instante el cantinero.

—¿Y si los quiero? —Espetó Maliseche desafiante.

—Necio... este lugar pertenece a los Igsondo, y a menos que seas uno de sus miembros lo cual dudo mucho... no hay servicio para ti...

—*Le recomiendo retirarse capitán* —Acotó Melindai antes de que Maliseche prosiguiera—. *Según mis registros los Igsondo son una familia de Münhtrag za'tizilowi...*

—Eso explicaría porque no hay nadie aquí... —Murmuró Maliseche arrojando una moneda al cantinero y retirándose del lugar.

—Bueno… eso no salió tan mal…

—Al contrario, Melindai —Cortó molesto Maliseche—. Ahora soy un forastero…

—No por mucho capitán.

—¿De que estas hablando?

—Si bien una de mis replicas le sigue lo más cerca posible, la otra se apartó un poco y por lo que puedo ver, encontró la cantina adecuada.

—¿Cómo lo sabes? —Increpó Maliseche al tiempo que divisaba un señalamiento en su ojo derecho.

—Solo siga la flecha capitán, estoy segura que no tardara en escuchar el estrepito —Cerró Melindai al tiempo que Maliseche comenzó a oír los clásicos estruendos de un pleito callejero.

—Le apuesto al peludo —Increpó Pagtukod al llegar a un tumulto de diversos seres junto a la puerta de una cantina mientras apreciaba dos za'tezawos jadeantes y severamente lastimados.

—Tienes buen ojo muchacho —Contestó un anciano aparentemente de la misma raza que aquel que estaba por ganar el pleito—. Pero llegas tarde para las apuestas.

—Una lástima… —Murmuró Maliseche apreciando como aquel peludo za'tezawo daba el golpe final hacia su contrincante llevándolo a tierra, y aparentemente quitándole la vida, provocando un masivo estruendo de los espectadores en el lugar, quienes luego de unos ti'p retornaron a la cantina con total normalidad.

—*Me parece que llegamos al lugar adecuado capitán* —Acotó Melindai mientras Maliseche asentía sutilmente para responder a su compañera buscando un espacio en la barra—. ***¿Ahora que procede capitán?*** —Prosiguió la IA mientras el fornido za'taiwo tomaba finalmente asiento en la barra donde sin dudarlo arrojo un par de monedas y vocifero.

—Una por el ganador y una por el perdedor…

—Una buena excusa para beber —Vociferó a su lado un lampiño y escamoso za'tezawo de raza Yeker'Jha muy similar a aquel que ahora yacía tendido sin vida fuera de aquella cantina y a quien Maliseche decidió ignorar completamente mientras recibía un par de jarras de un desconocido liquido espumante, de los cuales uno fue arrebatado por el desconocido quien no dudo en beber todo el contenido de la jarra de un solo trago.

—Dicen que los de tu raza pierden la cola cuando tienen miedo —Gruñó Maliseche provocando la inmediata reacción del desconocido quien sin dudarlo le aventó la jarra, la cual sin mayores problemas logro esquivar.

—¡Yo no le temo a nada! —Vociferó el Yeker'Jha arremetiendo contra Maliseche quien una vez más sin problema alguno logro esquivarlo.

—Eso dices —Murmuró Maliseche tomando su jarra para beber tranquilamente antes de proseguir—. Pero creo que ya siento el pútrido olor de tu cola desprendiéndose... —Logró decir antes que el Yeker'Jha arremetiera una vez más contra él, reventando así su jarra contra la cabeza del escamoso za'tezawo, quien en un instante cayo pesadamente ante sus pies totalmente inconsciente.

—¿Y? —Preguntó sorpresivamente el cantinero sirviendo otra copa— ¿Soltó la cola? — Cerró mientras Maliseche miraba con asco un fragmento de la cola de aquel Yeker'Jha retorciéndose sobre su cuerpo completamente desprendida como si tuviera vida propia.

—Bueno... —Murmuró Maliseche tomando asiento una vez más y arrojando otra moneda—. Tal parece que si le temía a algo...

—Al final muchacho —Masculló el peludo anciano za'tezawo con el que anteriormente había cruzado palabras y quien ahora tomaba asiento a su lado—. Todos le terminan temiendo a lo mismo...

—¿Y eso que sería señor...

—Mizere ¿y usted?

—*Ik'Hawa* —Murmuró Melindai en la cabeza de Maliseche.

—Ik'Hawa —Reiteró el fornido capitán contestando la pregunta del peludo za'tezawo quien inmediatamente prosiguió.

—La muerte... tarde o temprano... todos le temen...

—Pues… —Murmuró Maliseche —Supongo que brindo por eso…— Cerró alzando su copa y bebiendo aquel liquido con un extraño rechazo que jamás había sentido.

—Tú debes ser nuevo por este lugar… —Prosiguió el anciano realizando un gesto con el cual rápidamente acudieron dos za'tizilowis para llevarse el cuerpo del Yeker'Jha—. No recuerdo haberte visto antes… dime… ¿vienes para dar o buscar?

—Eso siempre depende de la oferta… —Masculló Maliseche con seriedad notando que había dado con quien requería antes de lo esperado.

—200 nidalma por conexión… —Contestó Mizere sin pudor en sus palabras.

—300 por si algo sale mal… —Refutó Maliseche dejando los billetes sobre la barra mientras el anciano asentía.

—Sígueme. —Acotó luego de que el cantinero tomara el dinero mientras se ponía de pie y avanzaban a paso calmo hasta lo que parecía la cocina del lugar, atravesando sin pausa alguna hasta llegar a una puerta perfectamente camuflada con el lugar, la cual fue abierta desde adentro por un fornido za'tizilowi quien dio paso al anciano tras una pequeña reverencia —Aquí puedes hablar sin pudor Ik'Hawa… lo que necesites lo encontraras…

—Información… —Murmuró Maliseche.

—Ya veo… —Susurró el anciano tomando algunos mi'p para meditar su respuesta—. Muy posiblemente Omuna sea a quien buscas… puede que lo encuentres en uno de los rincones de este lugar jugando Sëschým… te recomiendo jugar con el…

—Pues… eso suena bien para mí…

—Si… pero ten cuidado… la calidad de la información que te entregue dependerá de tu habilidad en la partida…

—Gracias por el consejo buen señor… —Acotó finalmente Maliseche con una ligera reverencia que Mizere replico antes de retirarse.

—**Sëschým…** —Murmuró inesperadamente Melindai mientras Maliseche comenzaba a buscar a su contacto— **Esto se pone cada vez mejor…** —Prosiguió al tiempo que ambos notaban en una de las esquinas un fornido za'taiwo de piel obscura ordenando las fichas de un tablero, dirigiéndose de manera inmediata hasta él.

—¿Ya te vas? —Susurró suavemente Maliseche a su lado notando la belleza en sus rasgos.

—No estoy realmente seguro… —Murmuró el imponente za'taiwo apreciando lascivamente a Maliseche de pies a cabeza indicándole con una mano que tomara asiento junto a él —Creo que tal vez solo esperaba la compañía apropiada…

—Sabes… —Prosiguió Maliseche tomando asiento frente a él, seleccionado sus fichas—. Hace bastante que no juego a esto…

—No te preocupes —Contestó el za'taiwo entre risas iniciando la partida —Seré suave contigo…

—Ik'Hawa… —Acotó Maliseche realizando un certero movimiento en el tablero.

—Oh… veo que comienzas bastante fuerte… —Murmuró el lugareño.

—Omuna —Replicó el za'taiwo tocando su pecho luego de repelar algunas jugadas —Pero ambos sabemos que si llegaste hasta aquí… eso ya lo sabias… así que dime… ¿Qué deseas?

—En este momento… —Replicó Maliseche tratando de enfocarse en su objetivo y sintiendo el envolvente aroma corporal de Omuna mientras trataba de llevar a cabo una partida que pudiera darle cuanta información necesitara—. Un buen juego… —Cerró ante la lasciva mirada de su contrincante, dejándose llevar por sus certeros movimientos en la partida perdiendo toda noción de tiempo a su alrededor.

—***Zadne Libeh*** —Murmuró de pronto Melindai al cabo de casi un tri'c llegando de manera inesperada al final de la partida.

—Vaya… —Masculló Omuna tan incómodo como complacido apreciando impávido el tablero frene a él.

—Zadne libeh… —Susurró Maliseche casi al instante con su mirada fija en su oponente.

—Efectivamente Ik'Hawa… —Replicó el za'taiwo—. Creo que me has dejado sin movimiento alguno…

—Y eso… ¿A dónde nos lleva Omuna? —Inquirió Maliseche acariciando lascivamente su cuello.

—A un lugar seguro… —Cerró el fornido macho mientras se levantaba dejando el lugar a paso firme, Maliseche por su parte sin dudarlo un instante comenzó a seguirlo completamente seducido por el aroma que su cuerpo emitía causa del sofocante calor del lugar.

—*Capitán* —Acotó Melindai al cabo de algunos ti'p—. ***Creo que algo no está bien, nos estamos alejando mucho del punto de partida.***

—¿Mientras más lejos mejor no? —Susurró Maliseche sin respuesta alguna de Omuna, continuando su camino por algunos ti'p más hasta que el silencioso za'taiwo se detuvo frente a una pequeña construcción bastante derruida.

—Hogar dulce hogar… —Murmuró Omuna indicándole a Maliseche que ingresara en aquella propiedad la cual tenía por puerta una vieja y sucia manta, una vez dentro pudo notar un humilde escaparate frente a un joven za'tizilowi quien no hizo más que mirarlo fijamente con una extraña altanería—. Te ves cómodo Blea.

—Señor Omuna —Contestó de inmediato el za'tizilowi cambiando completamente su actitud poniéndose de pie y realizando una reverencia luego que el Omuna ingresara en el lugar—. ¿En qué puedo servirle?

—Los siguientes tri'c estaré algo ocupado insecto... no quiero que nadie me moleste...

—Entendido señor.

—Ahora abre la puerta.

—Sí señor... —Masculló temeroso el za'tizilowi colocando su mano sobre aquel humilde escaparate, acto que Omuna replico al instante, al tiempo que una extraña puerta se revelaba frente a ellos.

—Adelante… —Susurró Omuna con su mirada fija en Maliseche, quien sabía que no podía entregar una gota de duda en sus actos, ingresando raudamente en una estrecha habitación acto que su acompañante replico de inmediato, para luego colocar ambas manos en las paredes a su alrededor cerrando al instante la puerta frente a ellos y comenzando lo que parecía un ligero descenso que no duro más de un ti'p hasta que la puerta se abrió una vez más, revelando un hermoso y cómodo lugar.

—*Capitán...* —Inquirió Melindai—. ***Algo no está bien, mis señales...***

—Ponte cómodo —Acotó Omuna dando una ligera palmada en la espalda de Maliseche para que ingresara en el lugar.

—*Capitán...*

—Bueno… —Prosiguió Omuna mientras la puerta a sus espaldas se cerraba y desaparecía —Ahora estamos completamente seguros…

—*¡Capitán esto no es seguro, he perdido toda señal con el exterior!*

—¿A si? —Preguntó con calma Maliseche— ¿Y cómo puedes estar tan seguro de eso?

—Como deberías saber… existen muchos gremios de todo tipo en este lugar...

—Claro… y supongo que tu perteneces a alguno que se dedica a la información...

—Correcto Ik'Hawa… y como podrás entender… en estas áridas tierras… nadie puede estar completamente seguro… hasta que esté en su propia fortaleza...

—Y si lo tuyo es la información… supongo que este lugar es completamente hermético ante la entrada y salida de cualquier tipo de sonido o señal… ¿no?

—Lo siento… espero que esto no sea un problema para ti… —Inquirió Omuna receloso.

—Al contrario… si eres la persona que busco… lo mejor es estar en un lugar como este...

—Excelente… —Murmuró Omuna colocando su mano sobre una pared, revelando una pequeña nevera—. ¿Maïdzi?

—Claro… siempre es agradable beber algo fresco… sin embargo… ¿no tienes algo…

—¿Más fuerte? —Cortó el atezado za'taiwo revelando una hermosa botella de zicur la cual no tardo en servir mientras incisivamente interrogaba a Maliseche—. Y cuéntame Ik'Hawa…

—¿Si?

—¿Quién eres? nunca te había visto por este lugar…
—Bueno… la verdad no hay mucho que decir… soy otro tipo más al que le pagan y hace lo que le piden… generalmente vengo… tomo lo que necesito y me marcho…

—¿Y que hace de esta una situación diferente Ik'Hawa?

—Los trabajos siempre pueden cambiar Omuna…
—Refunfuñó Maliseche terminando su vaso de zicur.

—Por supuesto… —Prosiguió el atezado za'taiwo sirviendo un poco más de aquel delicioso licor típico de las zonas áridas—. Pero me parece que esta vez tu estadía aquí está durando más de lo que esperabas ¿no? O puede ser… ¿Qué en esta ocasión tu trabajo implica tu estadía aquí?

—Creo que eres realmente bueno en tu trabajo Omuna… —Replicó Maliseche entre risas alzando su licor —Pero se requiere algo más que palabras para sacar algo de información de este viajero —Cerró bebiendo el contenido completo de su vaso.

—Ya veo…

—Ahora sin ánimos de ofender… creo que necesito desaguar un poco de zicur de mi organismo…

—Por su puesto… —Susurró Omuna bebiendo su porción de zicur antes de contestar—. Si posas tu mano cerca de la esquina derecha en la pared a tu espalda se abrirá la puerta del servicio sanitario.

—Perfecto… —Murmuró Maliseche siguiendo inmediatamente las instrucciones entregadas revelando ante el un espacio menor al que esperaba a pesar de esto, sus acciones no debían mostrar duda alguna, por lo que no perdió tiempo e ingreso de todos modos.

—*Capitán…*

—Melindai… —Cortó Pagtukod disimulando sus palabras con el violento sonido del succionador de desechos.

—*¿Si capitán?* —Contestó la IA al instante.

—Necesito que pase lo que pase a continuación, te mantengas en silencio y no te interpongas.

—*¿Capitán?*

—¡Es una orden! —Sentencio Maliseche tosiendo para disimular sus palabras mientras salía de aquel estrecho servicio sanitario.

—*Si... capitán...* —Balbuceo Melindai confundida tras escuchar aquellas palabras y ver que ahora todo el ambiente del lugar era completamente distinto.

—Ik'Hawa... —Susurró lascivamente Omuna iluminado por nada más que algunas tenues luces que cambiaban de tonalidades a medida que el robusto hombre se acercaba paulatina y completamente desnudo hasta Maliseche —Espero esto sea suficiente para obtener algo de información de este... viajero—. Cerró posando su mano en la entrepierna del capitán.

—Tal vez lo sea... —Contestó Maliseche al tiempo que sin ninguna clase de aviso azoto frenéticamente su cabeza contra la de Omuna obligándolo a retroceder algunos pasos solo para ser nuevamente impactado, pero esta vez recibiendo un inesperado puñetazo en su rostro de tal magnitud que sin poder evitarlo giro todo su cuerpo, sintiendo sin tregua alguna como aquel macho de mirada certera tomaba sus manos torciéndolas sobre su espalda y arroyándolo a toda velocidad contra la pared más cercana.

—¡¿Ik'Hawa qué estás haciendo?! —Logró articular el lugareño con la poca movilidad que aun poseía en su rostro mientras un insoportable dolor producto de la torcedura de sus manos creaba un ensordecedor grito en el lugar.

—Mí jugada... —Susurró Maliseche posando su nariz el hombro derecho de Omuna esnifando su aroma mientras lo miraba fijamente tras el ensordecedor grito que el capitán parecía anhelar.

—Supongo… —Murmuró finalmente Omuna dejándose caer sobre sus rodillas suavemente—. Que fue zadne libeh desde un comienzo… —Cerró volteando lentamente con su mirada fija en Maliseche quien ahora se encontraba acariciando la suave y lisa cabeza de aquel atezado za'taiwo.

—No te preocupes por eso… —Prosiguió Maliseche mientras Omuna le abría delicadamente su sudoroso pantalón dejando expuesto ante su rostro el prominente miembro del capitán—. Lo importante es divertirse con la partida —Cerró ahogando a su anfitrión con su virilidad salpicando la sangre de su rostro en todas las direcciones posibles durante varios ti'p, hasta que el atezado za'taiwo decidió unirse completamente a aquel momento de placer tomando su propio miembro entre sus manos, acto que Pagtukod contesto golpeando nuevamente su rostro apartándolo de su cuerpo, para sin perder el tiempo, tomarlo del cuello y levantarlo arrojándolo con fuerza hasta unos sillones cercanos.

—Tu realmente sabes cómo jugar… —Murmuró Omuna apreciando la imponente figura de Maliseche acercarse con violencia hasta él girándolo sin contemplación alguna dejando su trasero expuesto y aplastando con su pie su cabeza dejando así su rostro estampado en aquel sillón, mientras acariciaba con fuerza sus morenas nalgas abriéndolas poco a poco para acercar su rostro hasta su obscuro ano lamiéndolo con fuerza e ingresando lentamente su lengua en el recto de su anfitrión quien no hacía más que rendirse ante el placer lanzando ahogados gemidos aun llenos de sangre y dolor durante casi un tri'c hasta que súbitamente Pagtukod se detuvo y aparto.

—Espero que eso fuera suficiente... —Susurró Maliseche.

Luego de unos mi'p acercándose nuevamente a su anfitrión quien aún se encontraba en la misma posición, tomando con fuerza sus nalgas y abriéndolas una vez más, pero esta vez ingresando con determinación toda su virilidad dentro de del atezado za'taiwo quien no pudo hacer más que gritar presa del placer que aquel falo le entregaba llegando más profundo que ningún otro, aumentando poco a poco el feroz ritmo de aquella violenta penetración que Omuna podía apreciar con lujuria en las sombras que lograban proyectarse en las paredes del lugar perdiendo cada vez más el control y aumentando cada vez más la intensidad de sus gritos hasta que finalmente presa de aquel extraordinario placer eyaculo cuanto pudo, sin siquiera haber llegado a manipular su propia virilidad, acto el cual llevo a Maliseche a su límite al sentir la mezcla de olores en el lugar tomando sin contemplación alguna al ahora indefenso lugareño desde su cuello, para voltearlo y llenar su ensangrentado rostro con su propia fertilidad mientras este saboreaba aquel viscoso liquido el cual no tardaba en mezclase con su propia sangre.

—Creo… —Susurró Omuna aun de rodillas y con los ojos cerrados disfrutando de aquella mezcla de fluidos—. Que no existe mejor sabor que este…

—Y ahora viene lo mejor… —Murmuró Maliseche llevando a un expectante Omuna a abrir los ojos, solo para recibir en ellos un grotesco escupitajo seguido de un nuevo y certero golpe que llevo al lugareño a la inconciencia inmediata.

Fecha de navegación estelar:

(1 me'k más tarde) 13Tlo't 3Flo't 6Clo't 9Nu'k 8Du'k

4Me'k 1Ke'k DP

Ubicación intergaláctica específica actual: Pha'phalý,

Planeta Rusell.

Última ubicación intergaláctica conocida: Planeta

Rusell.

—*Algo no está bien capitán...* —Increpó de pronto Melindai.

—Definitivamente sigue siendo extraño ver tu cuerpo ahí frente y escuchar tu voz resonar en mi cabeza sin previo aviso... —Murmuró incomodo Maliseche antes de proseguir—. ¿Algo como qué?

—*Es... una sensación... extraña...*

—Necesito algo más que eso Melindai...

—*Desde que entramos a este lugar siento algo extraño con el Uza k'nemtry...*

—¿Puedes definir eso... extraño que sientes?

—*No...*

—Bueno… eso no me ayuda mucho… ¿Algo más?

—*Creo que también hay algo extraño en ella...*

—¿Algo como qué? —Refunfuñó Maliseche.

—Creo que no deberíamos confiar en ella...

—Tranquila Melindai… solo estás nerviosa… esta es la primera vez que te infiltras en algún lugar… lo puedo entender… además ya pudiste notar que entrar en la Pha'phalý no era algo sencillo… y hasta ahora Vri'galhy ha sido una buena guía.

—¡Silencio! —Resonó suavemente en la retaguardia del capitán sin previo aviso— ¿Qué tanto murmuras?

—Nada… —Contestó Maliseche con calma —Solo me quejaba del calor…

—Supongo que era lógico… ¿quién vendría a un lugar como este con una chaqueta como esa?

—Me gusta mi chaqueta… —Gruñó Maliseche—. Por cierto… eres realmente sigilosa, no te oí llegar.

—Igual que tu amiga… —Espetó Vri'galhy—. Desde que nos reunimos no la he escuchado decir una sola palabra.

—A ella le va mejor la acción que las palabras…

—Espero que así sea… por alguna extraña razón hay más Mailhily de lo normal…

—*Algo definitivamente anda mal capitán…*

—¿Y no tienes alguna pista de lo que pueda estar sucediendo?

—No… pero creo que está relacionado con nuestro objetivo.

—¡¿Cómo puede ser eso posible?! Nadie debería saber que estamos aquí…

—Lo sé... pero mientras más me acercaba, más Mailhily había...

—Bueno... tú eres la experta... o por el precio que pague... espero que lo seas...

—Tranquilo grandulón... —Gruñó la fémina poniéndose en marcha—. Crecí entrando y saliendo de este lugar y hasta ahora jamás he sido atrapada... aunque debo admitir que jamás había escuchado de alguien que quisiera llegar al centro del oasis y menos que su agua tuviera propiedades curativas...

—*No creo que ella se crea eso capitán.*

—Por supuesto... —Murmuró Maliseche.

—*No deberíamos confiar en ella...*

—Bueno... supongo que, si llegaste hasta aquí buscando alguna clase de remedio mágico, debes estar desesperado.

—Estamos de acuerdo... —Murmuró Pagtukod una vez más.

—*¡¿Entonces por qué la seguimos?!*

—Supongo que ya probaste con algún Prinrodaý'mang o un Svehtlý'mang.

—A veces solo debes confiar en tus instintos —Gruñó Maliseche tratando una vez más de contestar de la manera más óptima para responder a ambas féminas a la vez.

—En eso estamos de acuerdo... —Murmuró Vri'galhy deteniéndose súbitamente y alzando su mano empuñada, acción que Maliseche y Melindai comprendieron inmediatamente ocultándose al instante— Ellos no deberían estar aquí... —Prosiguió la za'taiwo luego de unos ti'p —Mantengan posición, iré a ver qué sucede —Cerró desapareciendo entre las sombras del lugar.

—Las noches aquí son bastante cortas... —Murmuró el fornido capitán algo impresionado—. Pero ella definitivamente sabe como aprovecharlas...

—*Capitán...*

—¡Melindai! —Cortó Pagtukod—. ¡Basta! Tardamos tres ke'k en conseguir la información sobre la ubicación del origen del portal y dos más en encontrar una guía dispuesta a meternos aquí.

—*Lo dice como si su tiempo con Omuna hubiera sido incómodo para usted...*

—Lo que sucedió con Omuna fue lo que nos permitió entrar a este lugar Melindai... esto es lo que se hace, esto es lo que se debe hacer, en el campo nada es seguro, tu vida siempre está en manos del destino y tu única opción es...

—*Tomar al destino por el cuello...* —Interrumpió Melindai generando un silencio incómodo para ambos durante algunos mi'p antes de proseguir—. *Mis disculpas capitán...*

—No te preocupes Melindai...

—*Es solo que...*

—Tranquila... —Cortó Pagtukod—. Puedo comprender tu falta de experiencia... todos estuvimos ahí alguna vez... —Logró decir el za'taiwo antes de ser violentamente interrumpido por los gritos de su guía.

—¡Armas! —Vociferó Vri'galhy deslizándose hasta Maliseche generando desde la palma de sus manos un par de esferas de una opaca energía que casi al instante arrojo hacia los guardias del lugar que llegaban hasta su posición —No sé cuál sea tu obsesión con el agua de este lugar forastero, pero te aseguro que esto te va a costar caro.

—¡Pase lo que pase, no podemos retirarnos! —Sentenció Pagtukod.

—¡¿Y dejar un trabajo a medias?! —Increpó la za'taiwo— ¡Eso jamás! —Cerró arrojando un nuevo par de esferas.

—*Capitán, esto no se ve bien ¿Cómo procederemos?*

—Nuestra única pista esta en ese lugar... pase lo que pase debemos llegar ahí... —Susurró Pagtukod.

—¡Y llegaremos! —Vociferó Vri'galhy una vez más poniéndose de pie para avanzar y retroceder de manera casi automática— ¡¿No dijiste que tu amiga era más de acción que palabras?! —Logró decir mientras una escuadra de seres de todo tipo aparecía frente a ellos.

—*¿Capitán?*

—Adelante Melindai... —Susurró confiado Maliseche—. Muéstrame de lo que eres capaz...

—¡A la orden! —Sentenció la autómata mientras sus manos se extendían cual cuchillas saltando en un instante frente a todos sus oponentes cortando sin vacilación alguna las piernas de aquellos en primera línea cayendo pesadamente y dejando expuestos a sus camaradas quienes con la misma velocidad fueron automáticamente decapitados, aquellos que aun conservaban algo de distancia ante esta máquina de matar, no dudaron en atacar, lanzando una intensa llamarada la cual fue recibida por Melindai como un cálido saludo que no afecto su estructura en lo más mínimo, logrando ver entre las llamas, los rostros despavoridos de aquellos que ya comprendían su inminente final y que tan rápido como aquellas llamas se extinguieron, sus vidas fueron terminadas en un movimiento que el capitán Pagtukod no pudo llegar a percibir, ni comprender.

—Bueno... —Murmuró Vri'galhy tras unos mi'p de un atónito silencio. —Creo que lo suyo realmente es la acción...

—Tu tampoco te quedas atrás —Increpó Maliseche—. Nunca había visto a alguien hacer lo que tu hiciste... ¿Qué fue eso?

—Si salimos vivos de esta tal vez te lo explique, ahora debemos apresurarnos, no tardaran en llegar más

—Sentenció la za'taiwo poniéndose en marcha seguida de un intrigado Maliseche y una aun llena de cálida sangre Melindai quien súbitamente luego de unos ti'p de correr de manera ininterrumpida tomo a su capitán y salto tan alto como pudo.

—¿Qué sucede Melindai... —Logró preguntar el za'taiwo antes de un estruendoso resonar que derrumbo las edificaciones cercanas— Bueno... —Murmuró incomodo— Creo que ya nos encontraron...

—Y aquí arriba somos el blanco perfecto —Cortó Melindai quien hasta ese instante se mantenía suspendida en el aire tratando de vislumbrar a su guía quien no tardo en levantarse de entre los escombros, dirigiéndose a ella de manera inmediata.

—Eso estuvo cerca —Gruñó Vri'galhy luego que la ginoide aterrizara a su lado—. Pero cuando te sentí tomar al forastero —Prosiguió apuntando a la IA—. Supe que algo no estaban bien... no sé cómo lo supiste... pero pudiste avisar... —Cerró desafiante.

—No había tiempo —Espetó Melindai—. Además... —Prosiguió arrogante —Prioridades son prioridades...

—Claro... pero sin tu guía no creo que te sirva de mucho estar viva aquí dentro preciosa... —Prosiguió Vri'galhy alzando sus manos.

—¿Y cuál es el problema? —Increpó la IA— ¿Sigues viva no?

—No gracias a ti —Gruño la za'taiwo —Además...— Prosiguió —Tu maniobra pudo ponernos en desventaja, si no fuera por esta cortina de humo seriamos un blanco fácil en este momento.

—Tal vez aun lo somos —Acotó Maliseche alzando su mano y captando la atención de ambas féminas que instantáneamente guardaron silencio y pudieron escuchar los pasos a la distancia.

—Debemos movernos —Increpó Melindai.

—Estamos de acuerdo —Murmuró Vri'galhy—. Sin embargo, a este paso dudo que lleguemos vivos al centro de la ciudadela.

—¿Al centro? —Interrogó Pagtukod.

—Si, allí se origina el oasis, pero como les dije antes, mientras más nos acerquemos, más Mailhily nos encontraremos.

—Creo que en este punto eso ya no importa Vri'galhy, no sé si pudiste notarlo... pero el factor sigilo y sorpresa es algo que ya no tenemos... ahora lo importante es simplemente llegar allí ¿Melindai?

—¡A la orden capitán! —Sentenció la IA mientras su cuerpo se comenzaba a abultar cambiando los colores de su cuerpo en un solo tono obscuro mimetizándose con la noche del lugar, arrojándose luego al piso, donde su estructura comenzó a cambiar de forma, tornándose en un familiar felino de seis patas lo suficientemente grande como para que Maliseche y Vri'galhy pudieran montarlo.

—Puedes guiarnos el camino —Acotó Pagtukod montando el suave lomo de Melindai—. O puedes retirarte... tú decides.

—Te lo dije antes y te lo digo ahora forastero —Replicó altanera la za'taiwo—. Yo jamás dejo un trabajo a medio camino.

—Entonces sube —Prosiguió Maliseche con arrogancia— Y afírmate, porque te aseguro que jamás has montado una criatura como esta —Cerró ayudando a su guía a montar el lomo de fiel acompañante quien sin previo aviso comenzó a galopar a gran velocidad.

—Dejare pasar por alto que tu bestia casi me bota forastero —Gruño Vri'galhy.

—Pues te lo advertí... —Contestó Pagtukod alzando sus hombros—. Ahora dinos donde —Logró decir al tiempo que Melindai inesperadamente comenzaba a galopar por las paredes de una de las edificaciones llegando en unos instantes hasta la cima de este solo para sentir el resonar de una explosión desde el interior de la misma saltando nuevamente hasta el edificio más cercano.

—Bueno... supongo que podemos tomar la ruta corta.

—¡Creo que eso ya quedo claro! Ahora dinos ¡¿Dónde?! —Increpó Maliseche mientras Melindai esquivaba una lluvia de esferas de fuego.

—Pues directo de donde vino eso —Logró contestar Vri'galhy mientras Melindai esquivaba una nueva ráfaga de fuego.

—¡Entonces afírmate, porque llegaremos ahí en un instante! —Vocifero Maliseche abrochando su chaqueta mientras su fiel acompañante aceleraba el paso—. Melindai…

—*¿Si capitán?* —Pudo escuchar Pagtukod resonar en su cabeza.

—Cuando lleguemos la prioridad es eliminar a nuestros enemigos…

—¡A la orden capitán! —Rugió Melindai acelerando aún más su paso hasta finalmente estar lo suficientemente cerca desde el origen de aquellas esferas de fuego, saltando desde lo alto de una de las construcciones dejando su vientre completamente expuesto.

—¡¿Qué crees que estás haciendo bestia?! —Vociferó Vri'galhy confundida, sin poder ver como el vientre de aquella bestia se abría completamente dejando caer a gran velocidad una Melindai en su modo de combate más pequeña y veloz que nunca arrasando con sus cuchillas a todos aquellos que presentaban un peligro para la seguridad de su capitán mientras este aun montado en la bestia descendía veloz y sigilosamente.

—¡¿Cuánto falta?! —Increpó Maliseche mientras Vri'galhy descendida del lomo de Melindai arrojando esferas de energía desde sus manos a un grupo de Mailhily que venían llegando al lugar.

—Pues si ves a tu derecha podrás notar una frondosa vegetación... —Espetó soberbia—. Eso es un oasis...

—Ya escuchaste Melindai... ¡Vamos allá! —Vocifero Pagtukod mientras su imponente bestia emprendía su marcha una vez más al tiempo que la réplica combatiente de Melindai brincaba sobre su cabeza de un lado a otro llegando hasta una nueva cuadrilla de Mailhily y acabando con todos ellos en un instante.

—¡Esperen! ¡No me dejen aquí! —Espetó Vri'galhy corriendo tras un Maliseche que se alejaba a toda velocidad.

—¿Necesitas un aventón? —Preguntó sorpresivamente Melindai sacudiendo la sangre de sus cuchillas tornándolas una vez más en simples brazos sobre los que abalanzo a su guía y comenzó a correr a toda velocidad siguiendo a su contraparte de seis patas alcanzándola sin problema alguno y depositando a aquella za'taiwo una vez más sobre su lomo mientras era absorbida por el cuerpo de aquel imponente felino hasta que inesperadamente tras divisar un hermoso claro de aguas cristalinas en aquel oasis, como si la autómata hubiera recibido un certero golpe en su pecho fue derribada, lanzando por los aires tanto a su capitán, como a su acompañante.

—¡¿Melindai?! —Gritó casi al instante Maliseche mientras se levantaba.

—Ca... pi... tán... —Logró mascullar acercándose Pagtukod la ginoide quien, aunque ahora se encontraba en su forma primaria no parecía tener el mismo vigor de siempre, arrastrando sus cabellos y manteniéndose pobremente de pie.

—¡Melindai! —Reiteró Pagtukod corriendo hasta ella y tomándola en sus brazos— ¡¿Qué sucedió?! ¡¿Te encuentras herida?

—El agua capitán... —Logró murmurar Melindai tocando su pecho— El Uza k'nemtry... —Cerró mientras el agua del oasis a las espaldas de Maliseche comenzaba a iluminarse y este sin dudarlo tras recibir aquellas palabras iniciaba su camino a paso firme junto a su compañera en sus brazos hasta él.

—¡Cuidado! —Gritó de pronto Vri'galhy incorporándose a un costado de Maliseche y arrojando múltiples esferas de energía a los diversos Mailhily que comenzaron a aparecer por todo el lugar —No sé cuál es tu plan forastero, pero lo que sea ¡Hazlo ya!—. Cerró la za'taiwo mientras ingresaban en aquellas aguas, las cuales al primer contacto con Melindai comenzaron a reaccionar de maneras erráticas protegiéndolos de todos aquellos que quisieran acercarse e incrementando su brillo a medida que la ginoide ingresaba cada vez más en ella hasta finalmente sumergirla completamente tornando todo en el lugar en nada más que una absoluta obscuridad.

Fecha de navegación estelar: Desconocida.

Ubicación intergaláctica específica actual:
Desconocida.

Última ubicación intergaláctica conocida: Pha'phalý,
Planeta Rusell.

—¿Capitán? ¿Me escucha? —Pudo escuchar Maliseche como un lejano murmullo acompañado de un ensordecedor y desconocido sonido que invadía sus sentidos— ¿Capitán? ¿Me escucha?

—Algo así... —Masculló Pagtukod tratando de abrir sus ojos pesadamente.

—Vaya... —Suspiró la voz—. Me preguntaba cuando despertaría.

—¿Melindai? —Increpó el fornido za'taiwo tratando de levantarse sin poder abrir sus ojos en su totalidad— ¿Qué es ese sonido?

—Bueno... —Susurró Melindai—. Creo que encontramos lo que buscábamos...

—¿A qué te refieres? Y... ¿Por qué me duelen tanto los ojos? —Inquirió Maliseche tomando asiento.

—Sus ojos de seguro estaban abiertos al momento de transpórtanos, la intensidad de la luz debió afectarle.

—¿Transportarnos?

—¿Qué es lo último que recuerda capitán?

—Estábamos en la Pha'phalý... —Murmuró Maliseche frotando sus ojos—. Y... logramos llegar al oasis... nos caímos... te tome entre mis brazos... y... me pediste que te metiera en el agua... luego... no lo sé...

—Pues tal parece que el centro del oasis era una especie de portal... y al contacto con el Uza k'nemtry nos llevó directo a nuestro objetivo...

—¡¿Qué?! —Espetó Maliseche logrando finalmente abrir sus ojos y observar atónito la imponente creatura frente a él— Con que eso es un titan... —Murmuró anonadado— Vaya... eso fue más fácil de lo que esperaba...

—Si... Salvo algunos inconvenientes... —Murmuró Melindai alzando los hombros.

—¿A qué te refieres? Espera... ¡¿Cuánto tiempo estuve inconsciente?!

—Es... difícil saberlo realmente capitán...

—¿Difícil? Melindai... ¿Qué está sucediendo aquí?

—No estoy segura capitán... pero de algún modo el tiempo aquí...

—Es diferente... —Murmuró Maliseche con su mirada perdida en las estrellas sobre ellos.

—Si...

—¿Ya lograste triangular nuestra ubicación?

—No capitán... nada de lo que veo encaja con mis datos...—Tiene lógica... —Prosiguió Pagtukod.

—¿Cómo?

—Tu nunca has estado aquí... bueno... tu mente al menos que yo sepa... este no es un lugar que uno pueda visitar fácilmente...

—¿A qué se refiere capitán? —Interrogó la ginoide confundida— ¡¿Dónde estamos?!

—Estamos más allá de la frontera de lo conocido... inmersos en algún lugar de perdición fuera del borde exterior...

—No comprendo capitán... ¿Cómo es eso posible?

—Nuestro universo es realmente grande Melindai... se dice que fue Panahon el primer pionero de todo lo que hoy se conoce, que fue el quien creo las fronteras y estableció como sabes un sistema de tiempo adecuado para todos dentro de aquel inmenso y basto espacio... cuando estas en lugares cercanos al borde... puedes sentir a ratos como el tiempo se distorsiona...

—Y sientes que los ke'k se vuelven eternos... —Murmuró Melindai —Recuerdo haberlo escuchado decir eso en Pamalungo hace bastante tiempo atrás...

—Si... Pamalungo es uno de los lugares más al borde, razón por la cual es difícil llegar ahí, eso y que al llegar es común que muchas maquinas fallen debido a estas distorsiones temporales, por eso todo allí es tan arcaico... aunque eso no va al caso...

—Vaya... eso explicaría porque no puedo entablar comunicación con la nave o las demás yo...

—¿Ellas estarán bien?

—Si… funcionamos como conciencia colmena… pero podemos ejercer autonomía en caso de ser necesario.

—Bueno… esas son buenas noticias supongo… espera… eso me recuerda… ¿no estaba Vri'galhy con nosotros al momento de ingresar en el oasis?

—Eso creo… pero…

—¿Pero? —Increpó Maliseche intrigado.

—Cuando llegamos aquí me levanté y vi su cuerpo tirado frente al extraño marco que sostiene el titán junto… al de una za'taiwo… pero…

—¿Esa za'taiwo no era Vri'galhy?

—Efectivamente…

—Bueno… tiene cierta lógica… su aparición fue demasiado extraña… y su interés por llevarnos al centro del oasis aún más…

—¡Pero capitán!

—Si Melindai… —Cortó Maliseche alzando sus manos—. La verdad es que yo tampoco confiaba en ella… pero estábamos tardando demasiado en infíltranos en la Pha'phalý y ella al parecer sabía lo que hacía…

—Bueno… eso es cierto… gracias a ella llegamos hasta aquí…

—Si… ¿Y dónde está ahora?

—No lo sé… cuando me acerqué a ella y la toque… sentí algo extraño… y supongo que ella también pudo sentirlo, porque despertó de inmediato… parecía algo confundida cuando se levantó, pero cuando vio al titán... me pareció verla sonreír... luego simplemente salió corriendo entre los arboles cercanos...

—Eso no es bueno Melindai...

—¿A qué se refiere capitán?

—No te preocupes por ahora de eso Melindai, lo importante ahora es tener cuidado con este lugar ya que no sabemos nada sobre él, ver qué sucede con ese gigante y ese horrible sonido... y ver como mierda lograremos salir de aquí es lo primordial.

—Respecto a lo último capitán, ahora que sé que ningún tipo de comunicación normal servirá, creo tener una idea.

—Adelante Melindai... creo que en este punto no existen ideas malas...

—Pues... —Susurró Melindai alzando sus manos mientras sus dedos se desprendían de estas al tiempo que nuevos dedos remplazaban a aquellos flotantes que poco a poco se volvían esferas metálicas completamente solidas que inesperadamente salieron disparadas al cielo desapareciendo completamente de la vista de Maliseche.

—¿Y eso? —Preguntó Pagtukod algo confundido luego de algunos mi'p de silencio.

—Digamos que es algo así como una especie de baliza que irá avanzando tanto como pueda para emitir todo tipo de señales que mis replicas puedan llegar a captar...

—No es el plan más pulcro que he escuchado en mi vida… —Refunfuñó Maliseche alzando los hombros—. Pero definitivamente es más que nada…

—Bueno… esperemos que funcione… —Susurró nerviosa Melindai.

—Tranquila Melindai… estoy seguro que más cosas se nos ocurrirán… ahora… debemos averiguar que sucede con ese horrible sonido…

—Lo he estado tratando de analizar desde que llegamos capitán…

—¿Y?

—Hasta ahora solo he podido determinar que el sonido proviene de aquella creatura…

—¿Del gigante ese?

—Si… Del titán… —Corrigió Melindai temerosa al tiempo que Maliseche finalmente lograba levantarse y caminar algo desorientado frente a la imponente creatura.

—¿Qué es eso que sostiene en sus manos Melindai? Aquel… extraño aro…

—Me parece que esa es la puerta de transportación capitán, pero supongo que está inactiva en este momento.

—Suena lógico… puedo ver a través de ella —Acotó Pagtukod entre risas antes de proseguir—¿Y tienes alguna idea que es aquello escrito en el aro?

—Revisé la base de datos de dialectos antiguos almacenada en mi memoria y no encontré coincidencia alguna, capitán.

—No se parece a nada que haya visto antes… —Murmuró Pagtukod tomando asiento una vez más y guardando silencio mientras apreciaba la imponente creatura completamente perdido del tiempo que allí transcurría.

—¡¿Capitán?! —Interrumpió súbitamente Melindai.

—¡¿Si?! —Contestó algo desconcertado el za'taiwo volviendo en si— ¿Qué sucede?

—Tengo noticias.

—¿Algo bueno?

—En parte… —Susurró Melindai encogiendo sus hombros al ver el rostro de molestia de Maliseche.

—Vamos… escúpelo de una vez… —Gruñó finalmente Pagtukod recostándose.

—Luego del lanzamiento de mis sondas, perdí contacto con dos de ellas, sin embargo, las que aún estaban en rango lograron recibir una señal de una de ellas, señal emitida por mis replicas las cuales ya han comenzado los preparativos para llegar hasta nosotros.

—Vaya… —Murmuró Maliseche confundido —Esas son buenas noticias.

—Si… sin embargo, al analizar los datos de la señal recibida, pude notar que estamos al filo del tiempo.

—¿A qué te refieres Melindai?

—Según el video que Zul dejó, teníamos 2 me'k para dar con el titán...

—¡¿Y cuál es el problema?! —Cortó el za'taiwo—. ¡¿No estamos acaso ya frente al dichoso titán?!

—Sí, pero según la señal allá solo estaría quedando poco menos de un ke'k...

—Eso quiere decir que lo que sea por lo que debíamos encontrar a este gigante es en menos tiempo de lo esperado... —Cortó Maliseche intrigado— Y te aseguro... que lo que sea por lo que debíamos encontrar a este gigante está escrito allí... —Cerró levantándose una vez más.

—Tal vez cuando lleguen mis replicas con la nave podamos encontrar más información sobre el escrito capitán.

—¿Cuánto tardaran tus copias en traer la Varlata hasta aquí?

—No debería tomar mucho capitán, uno de los planes de contingencia en caso de tener que escapar fue cargar el protoportal a una potencia que no afectara la estabilidad de la nave, y según mis cálculos, con el tiempo transcurrido hasta el momento, tendríamos suficiente energía para enviar la nave donde sea.

—Excelente entonces...

—***Eg bi yakho diavisi ni fiusak...*** —Cortó de pronto una imponente fémina za'taiwo de una delgada pero firme y atlética complexión cubierta de una suave y tersa piel color lavanda la cual combinaba de manera perfecta con los azulados colores de su larga cabellera de gruesas ondulaciones que cubrían solo la parte superior de su cabeza permitiendo una mejor visión de sus definidas y afiladas facciones selladas con una imponente mirada desprendida por unos ojos sin igual que parecían emitir una cambiante luz desde sus iris los cuales no dejaban de armonizar con sus gruesos y negros labios.

—Déjame adivinar... —Señaló Maliseche alzando los hombros— ¿Anselý?

—Aunque no muy cortes —Objetó la fémina fijando su mirada en el za'taiwo—. Debo admitir que eres bastante inteligente Maliseche Pagtukod... Dime... tengo curiosidad ¿Desde cuándo lo sabias?

—Tenia mis sospechas... —Contestó altanero Pagtukod alzando los manos con falsa modestia —Pero ahora... al ver tu figura no fue difícil deducirlo...

—¿Mi figura? —Replicó Anselý entre risas —Estoy segura que eso debió ser idea de Walay-gahum...

—¡¿A qué te refieres?! —Increpó Pagtukod disimulando su confusión ante tales palabras.

—Dime una cosa Maliseche Pagtukod... ¿Estás aquí para matarme?

—Pues la verdad... —Dudó el za'taiwo unos instantes—. Creo que jamás recibí tal orden...

—Entonces... permíteme preguntar... ¿Cuál era tu misión aquí?

—Encontrar al profesor Saito… y reunir información sobre tu paradero… —Murmuró Maliseche.

—Y para aquella labor… ¿Cuál fue la historia que te contaron?

—Pues…

—Déjame adivinar… —Cortó la fémina—. ¿Yo soy alguna especie de villana que secuestró a Saito Deb?

—¿No lo eres? —Increpó Pagtukod incómodo.

—¿Qué? —Refutó Anselý irónica— ¿Una villana? —Prosiguió entre risas—. Al menos yo no lo veo así… pero eso tal vez dependa del punto de vista.

—¿A qué te refieres?

—Es simple «capitán» lo único que yo quiero, es liberar a mi pueblo de la opresión de este extraño sistema impuesto por ustedes.

—¿Te refieres a las clones autodenominadas Svéhlavý?

—Supongo que tan desinformado no estas…

—Tal vez… pero aún hay algo que no me queda claro… y si no te molesta que pregunte yo ahora… dime… ¿Cuál es tu relación con Walay-gahum?

—Una relación laboral principalmente… —Contestó la fémina alzando la mirada en silencio por algunos mi'p antes de proseguir—. Veras… cuando Néphritel-gahum me encontró…

—¡¿Néphritel-gahum?! —Cortó Maliseche confundido siendo completamente ignorado por Anselý quien sin problema alguno prosiguió.

—Me encontraba algo desorientada y débil por el prolongado criosueño por lo que me mantuvieron aislada al constante cuidado del doctor Saito quien nunca dijo mucho... por otra parte el junto a su peludo hijo se encargaron de explicarme donde estaba, la época que vivíamos y cómo funcionaban principalmente las cosas gracias al legado de Panahon... aprendí conforme pasaban los... me'k... que mi hogar, mi legado y mi pueblo ya no eran más que un producto de comercio y que tal vez mi presencia en esta nueva época era inútil... o eso creía al principio hasta que acorde mi condición mejoraba comencé a estudiar lo que ellos consideraban simples clones... notando su directa conexión con mi pueblo... desde ese punto en adelante, y tras algo de insistencia comencé a trabajar junto a Walay-gahum en diversos experimentos que mejoraban las capacidades naturales de estas clones... fueron nu'k bastante interesantes... donde llegue a pensar que los conocía... hasta que finalmente descubrí la verdad sobre ese asqueroso animal y su padre...

—¿A qué te refieres?

—Cuando desperté del criosueño, se me dijo que esto no había sido más que una mera casualidad producto de la expansión de la fábrica... pero la verdad estaba en que Néphritel-gahum buscaba algo de mi... algo que aparentemente no pudo encontrar en mi madre, algo único y perdido en las fauces del tiempo...

—El Uza k'nemtry... —Murmuró Melindai captando rápidamente la atención de Anselý.

—Efectivamente... —Murmuró con su mirada fija en la ginoide—. Fue en ese momento... que nuestras relaciones tuvieron un pequeño inconveniente, y así como llegaron las preguntas incomodas de la verdadera naturaleza de nuestra... sociedad... los problemas también llegaron, sin embargo, cuando las relaciones se volvieron demasiado inestables... trate de dejar Caleb... pero Walay-gahum no me lo permitió, poniendo en mi contra, las clones que yo misma había ayudado a crear... fue en aquel momento que entendí la conexión entre ellas y mi pueblo... entre ellas y mi guardia... trate de despertarlas sin saber realmente lo que hacía, y a pesar de no lograrlo, al menos eso las dejo lo suficientemente imposibilitadas de atacar, el tiempo necesario para escapar de allí.

—Déjame adivinar... —Acotó Maliseche abruptamente—. En ese momento comenzaste a vagar por los diversos planetas tratando de aprender a despertar a tu... «pueblo» ¿no?

—Supongo que eso fue lo que te dijeron para que pensaras que soy alguna clase de villana... sin embargo...

debo admitir que esas acciones fueron reales… fue un proceso bastante complejo… pero con el tiempo logre perfeccionarlo.

—Está bien… todo bien hasta ahora… asumiendo que dices la verdad…

—Eres libre de no creer en mi palabra Maliseche Pagtukod…

—Pero… —Cortó el za'taiwo—. Sigo sin comprender… ¿Cómo encaja el doctor Deb en todo esto?

—Fue el quien tras algunos nu'k en cada examen de rutina comenzó poco a poco a decirme la verdad… fue el quien me ayudo a abrir los ojos… sin embargo, también fue el quien creo esa… aberración —Espetó con su mirada fija en Melindai—. Aunque esa que tienes debo admitir fue superior en combate a sus predecesoras…

—¡¿Predecesoras?! —Cuestionó Melindai desconcertada.

—¿Acaso pensaste que eras única? —Contestó Anselý con ironía— Néphritel-gahum me necesitaba… pero supongo que sabía que cuando me enterara de la verdad, tal vez ayudarle sería algo que no estaría dispuesta a hacer, así que contrato al mejor científico que existía y le dio el mejor equipo posible, con tal de crear un clon que pudiera replicarme sin objeción alguna… tarea en la que fracaso una y otra vez… hasta que finalmente inicio el proyecto GN, tuve el placer de destruir personalmente varios de sus experimentos que fueron puestos a prueba en combate contra mí... hasta que finalmente uno hizo algo más que combatir... «Uza k'nemtry» fueron sus únicas palabras...

—Espera... —Cortó Maliseche—. Déjame adivinar una vez más... ¿Fue en ese momento que decidiste hacerle una pequeña visita al doctor Deb?

—Inicialmente no... envié a algunas de mis súbditas para tantear el terreno, pero todas fueron capturadas con la intención de interrogarlas supongo...

—Pero estas estaban listas para explotar cuando eso sucediera...

—Supongo que es parte de lo que te enseñaron... pero si... estaban dispuestas a dar su vida por la causa.

—Según el informe oficial... —Acotó Maliseche entre dientes— El doctor Deb desapareció al igual que tu cuerpo y toda su investigación, posterior a una explosión debido a un fallo en la programación de GN-I... pero lo tiempos de alguna manera no calzan...

—Es lógico que los tiempos no cuadren... la información que manejas fue completamente manipulada para ser favorable ante ellos... si hubo una explosión... pero fue posterior a varios du'k tratando de contactar con el doctor Deb, cuando finalmente logre infiltrarme, ellos me esperaban, y Deb lo sabía, en el momento que ellos llegaron, el doctor activo un protoportal y nos llevó lejos de ahí...

—Si podía salir de ahí cuando quisiera… ¿Por qué no lo hizo antes?

—Necesitaba una fuente de energía lo suficientemente poderosa como para llegar lo más lejos posible de la manera más inmediata posible… para ello uso la energía del Uza k'nemtry, energía que solo se activó al momento hice contacto con el… sin embargo, mi cuerpo jamás había experimentado algo como eso…

—La primera vez puede ser algo rudo…

—Si… y para cuando desperté, me encontraba al otro extremo del todo… sola… perdida… y completamente desorientada… Me gusta pensar que tal vez el doctor Deb me quería lo más lejos posible por mi propia seguridad… pero quien sabe… lo importante era que ahora Néphritel-gahum sabía dónde estaba el Uza k'nemtry… o al menos quien lo tenía…

—Vamos… debes entender que todo esto suena algo absurdo… si Néphritel-gahum ya tenía toda esa información… ¿Por qué enviarme allí? Y es más… ¿Por qué entregarme a GN-I?

—¿Y arriesgarse a que el doctor Deb huyera una vez más ahora que el poder del Uza k'nemtry había sido activado? La única manera de obtener lo que ellos querían, era con un intercambio… ¿Acaso no lo ves? Tu solo fuiste un simple mensajero todo este tiempo Maliseche Pagtukod, ellos sabían que enviar a GN-I les aseguraría obtener el cristal, y enviar junto a su mejor creación a alguien de tu reputación... les aseguraba que el doctor te estaría esperando... y una vez obtuvieran lo que quisieran... bueno... nadie lloraría tu partida... supongo que jamás consideraron que descargarías tu retorcida conciencia en su creación... fuiste más listo de lo que esperaban...

—Pareces saber demasiado… —Gruñó Pagtukod.

—Tengo oídos en todas partes Maliseche Pagtukod... ¿Acaso no lo has notado?

—Ya veo… —Murmuró el za'taiwo alzando los hombros.

—Pero… —Acotó Melindai entre susurros—. Nada de eso funciono…

—¿Segura?

—¿A qué te refieres? —Prosiguió Pagtukod.

—¿Están aquí no?

—Si… —Murmuró el capitán.

—¿Y con el cristal en vuestro poder?

—Pues…

—¡¿Capitán?! —Cortó Melindai tomando el brazo de Maliseche

—¿Si?

—Tenemos problemas...

—Habla Melindai…

—Están aquí... —Murmuró la ginoide alzando la mirada ante la inesperada aparición de una imponente flota nunca antes vista.

—Supongo que estabas preparada... —Gruñó Pagtukod.

—Debo admitir que esta vez no lo estaba Maliseche Pagtukod, en esta ocasión el mérito es todo suyo... sin la ayuda de su pequeña nave esto podría haber tardado más de algún flo't.

—¿Melindai?

—Es cierto capitán... he logrado establecer contacto con la Varlata.

—¿Y que estas esperando para traerla aquí?

—No creo que eso sea posible... —Acotó Anselý.

—¿A qué te refieres? —Gruñó el za'taiwo.

—El titán... —Susurró Melindai— está creando... alguna clase de interferencia... es como si esta zona no existiera a la vista...

—Pero tú puedes ver la nave... ¿No podrías simplemente guiar a tus replicas hasta acá?

—Es muy arriesgado capitán...

—Esto no me gusta...

—Tranquilo Maliseche Pagtukod... —Prosiguió la za'taiwo—. El verdadero motivo para guiarlos y seguirlos hasta este lugar, es porque sé que tenemos intereses comunes... o al menos... enemigos comunes...

—El enemigo de mi enemigo...

—Es mi amigo... —Cortó Anselý con ironía.

—¿Y qué te hace pensar que Walay-gahum o Néphritel-gahum son mis enemigos?

—¿No acabas de escuchar nada de lo que dije? —Gruñó la za'taiwo.

—Vamos princesa… —Prosiguió Maliseche irónico—. Nos acabamos de conocer…

—Esta bien —Cortó Anselý una vez más ligeramente incomoda por la situación—. Dime… ¿Desde qué llegaste a este lugar te sientes débil no? —Increpó la za'taiwo ante la incrédula mirada de Pagtukod—. Pues esta es mi ofrenda de paz.

—Capitán… —Murmuró Melindai cubriendo a Maliseche mientras sus manos se tornaban en afiladas hojas.

—Tranquila… —Espetó mientras camina a paso decidió frente al imponente titán— *Eg bi yakho diavisi ni fiusak.*

—Capitán esas palabras…

—Si… Melindai… —Cortó el za'taiwo—. Son las mismas que pronuncio cuando apareció aquí.

—*Ba ak jek fesil ulef.*

—No me refiero a eso capitán…

—*Eg bi yakho diavisi ni ilregum.*

—Es como… si pudiera entenderlas…

—*Ba ni tysa fesil ekplisile.*

—¡Pruzeh ky'hag! —Grito inesperadamente Melindai ante la absorta mirada de Anselý quien no disimulaba su confusión.

—Tu... —Logró murmurar Molesta la za'taiwo cuando todo el lugar comenzó a moverse.

—¡¿Melindai?! —Increpó Pagtukod manteniendo trabajosamente el equilibrio.

—Tranquilo capitán... —Cortó Anselý —No hay nada que temer, a pesar de su apariencia los titanes fueron creados como seres pacíficos... además... dígame... ¿aun siente aquel ruido molesto que retumbaba en sus oídos?

—Yo... —Murmuró Maliseche, notando que, a pesar de todo aquel movimiento, finalmente sentía de manera limpia los sonidos del lugar.

—La interferencia se ha ido capitán... —Susurró Melindai—. Tengo contacto total con la nave y el resto de mí.

—Tranquilos... —Acotó con altanería la za'taiwo—. El titán solo se está acomodando...

—Muy bien princesa... —Prosiguió Pagtukod mientras el movimiento del lugar se detenía—. Agradezco el gesto, pero ¿qué es lo que realmente... —Logró decir cayendo pesadamente sobre sus rodillas al tiempo que un ensordecedor sonido retumbaba en todos sus sentidos acompañado de un grito que expresaba su agudo dolor, dolor que acabo tan inesperadamente como llego.

—Vyk igamu ei lakou fiulsak se Bi'ha... Uj bi eimon —Susurró Melindai mientras ayudaba a Maliseche a reincorporarse.

—¿Qué? —Increpó confundido sacudiendo su cabeza.

—No lo sé capitán… eso fue lo que el titan dijo…

—Vaya… creo que escuchamos cosas totalmente distintas Melin…

—¡Capitán! —Cortó inesperadamente la androide —¡Algo no está bien!

—¿Por qué no me sorprende? —Refunfuñó Pagtukod.

—Detecto múltiples formas de vida… —Acotó tornando sus manos en cuchillas.

—Bueno… —Refunfuñó Pagtukod nuevamente —Supongo que se acabó la paz y tranquilidad —Cerró flexionando sus brazos y preparándose para el combate.

—No… —Murmuró la IA—. Son… demasiadas, capitán… no podremos contra ellas.

—Vaya… no pensé que escucharía algo así venir de ti…

—Su velocidad capitán… fueron detectadas desde la nave a una gran distancia… y ya casi están aquí…

—¿Amigas tuyas? —Increpó Maliseche al ver la calma en Anselý.

—No sé de qué están hablando, pero tal parece que las palabras del titan los afectaron de una manera que no me esperaba… —Concluyó la za'taiwo al tiempo que esquivaba habilidosamente una imponente sombra que saltaba entre los arboles atacándola implacable.

—Esa no es precisamente una buena señal Melin…

—¡Mis disculpas capitán! —Cortó la IA estirando su cuerpo y envolviendo completamente en el a Maliseche al tiempo que tornaba su cuerpo una vez más en un familiar y abultado felino de seis patas de atigrado grisáceo que no perdió el tiempo poniéndose en marcha hacia su nave.

—¿A dónde nos dirigimos Melindai?

—Necesitamos refuerzos capitán…

—¡¿Refuerzos?! Te he visto destrozar media ciudadela ¿Y ahora me dices que necesitamos refuerzos?

—Capitán… el enemigo nos está rodeando desde que nos alejamos del titán… e incluso algunos ya nos adelantaron…

—Espera… ¿Qué?

—Tal vez pueda contra algunos… y aunque confió en sus capacidades, lamento decir que no creo que usted sea rival para este enemigo considerando que pueden desplazarse incluso con mayor velocidad que la mía —Cerró la IA llegando hasta la nave donde un grupo de Melindai les esperaban.

—Algo no me cuadra… —Murmuró Pagtukod mientras ingresaba en la nave y escuchaba a las múltiples Melindai recibir órdenes.

—Protejan al capitán, aseguren el perímetro, liberen dedos.

—¿Liberen dedos?

—Necesitamos vigilar el área capitán…

—Espera un momento Melindai —Cortó Maliseche—. Ustedes no necesitan hablarse para comunicarse...

—Efectivamente capitán...

—¿Qué está sucediendo aquí?

—Maliseche Pagtukod —Se escuchó resonar entre las sombras la voz de una fémina agotada, pero decidida— Hijo de Emayïh Enjïphely y Amahan Pagtukod, ultimo descendiente de los primigenios Whanjezý y portador de la Awọ Jhïmaro... finalmente haz vuelto a casa...

—¿Melindai? —Increpó Maliseche alzando sus manos preparado para atacar.

—Lo siento capitán, sé que es arriesgado... pero...

—¡¿Pero qué?! ¡¿Pero qué Melindai?! ¡¿Qué está sucediendo aquí?! ¡¿Quién es esta persona?! ¡¿Qué hace en mi nave?! ¡¿Y porque sabe el nombre de mis padres?!

—Mi nombre es Ubabickha Enjïphely joven capitán, Uma'derkiis del clan thunzý'mang Kufihtago y madre de Emayïh Enjïphely... llevamos mucho tiempo esperándote...

—¡¿Esperándome?! Esto debe ser algún truco... ¡¿Cómo puedo saber que eres realmente la matriarca que dices ser?! ¡Es más! ¡¿Cómo puedo saber que tus palabras son reales?!

—Lo... lo siento capitán —Titubeó Melindai —Ella se acercó y me pidió hablar con usted y antes que pudiéramos hacer algo, ella extendió sus manos y corto una de sus palmas así que... a petición suya analice su sangre... y efectivamente... comparten un ADN común...

—¡¿Qué?! —Increpó confundido Maliseche.

—Cuando la interferencia se detuvo y pude comunicarme con la nave, se me informo acerca de la situación, fue en ese momento que ellas fueron tras Anselý y nosotros aprovechamos para volver a la nave...

—Espera… entonces todos aquellos organismos que nos seguían...

—Les estaban escoltando… —Acotó una anciana de mediana estatura y esbelta figura, pero de facciones duras con marcas en el rostro que finalmente se mostraba ante Maliseche.

—Dime algo Melindai… ¿son realmente estas creaturas tan veloces como dijiste?

—Efectivamente capitán...

—Entonces supongo que no tengo otra alternativa... si realmente eres una thunzý'mang supongo que disparar no es una opción... —Gruñó Maliseche bajando sus manos y alzando los hombros —Dime anciana… ¿Cómo llegaron aquí? Y... ¿Qué es lo que quieren?

—No es solo lo que queremos… —Refutó la za'taiwo—. Es lo que debemos hacer… la razón por la cual estamos aquí.

—Tal vez Melindai crea que no puede contra todos ustedes… pero me gustaría apostar a que ustedes tienen solo una vida, mientras que Melindai es inmortal… —Alardeó Pagtukod.

—Una batalla de desgaste… —Murmuró la anciana—. Muy inteligente joven capitán, pero eso solo nos haría perder el tiempo y le daría ventaja a nuestro verdadero enemigo.

—¿Nuestro verdadero enemigo?

—Sé que tienes muchas preguntas muchacho… pero nos estamos quedando sin tiempo… mis guerreras son rápidas, pero según nuestro estudio, aquel monstruo aprende más rápido de lo que podemos anticipar.

—Digamos que confió en ti…

—Eres tan desconfiado como tu madre Maliseche —Interrumpió la anciana— Puedo entenderlo, es algo que ella heredo de mi… pero créeme, si te quisiera muerto, ya lo estarías, conoces la guerra de cerca —Gruñó notando la incomodidad en el rostro de Pagtukod—. Y sabes lo que las thunzý'mang son capaces de hacer… por lo que solo te lo repetiré una vez más… no tenemos tiempo.

—Habla anciana… —Murmuró finalmente Maliseche tras algunos mi'p mientras el ambiente solo se volvía más tenso.

—Esta bien… —Murmuró Ubabickha— Primero… creo que mereces algo de… contexto… veras… hace ya algunos clo't un extraño ser vino a mí y mi entrego un pequeño dispositivo, tenía en uno de sus costados unas ligeras marcas que indicaban diversas fechas, me pidió que lo cuidara y confiara en él, al igual que tú, no estaba dispuesta a confiar en un desconocido, pero antes de que pudiéramos interrogarlo, este simplemente falleció, poco a poco las fechas indicadas fueron llegando, y diversos compartimientos de este dispositivo se fueron revelando indicando de manera casi exacta eventos en nuestro universo que incluso para los mejores s'hicke era imposible ver, al principio lo ignore por supuesto, pero poco a poco estos eventos fueron teniendo más importancia para nosotras... hasta el día de la muerte de tu madre, a partir de ese momento los compartimientos no solo indicaban diversos eventos, sino también nos daba instrucciones, dude en seguirlas, pero el dispositivo jamás había fallado a pesar de los clo't que pasaran, así... dejando mi orgullo de lado, formamos un concilio y decidimos ver a donde nos llevaría el dispositivo, en su última fecha y luego de algunas muy detalladas ordenes... este sencillamente se desarmo por completo dejándonos claras instrucciones de como volver a ensamblarlo y creando así... lo que fue definido por la misma maquina como un... protoportal, tardo bastantes nu'k en cargarse, pero cuando estuvo listo, nos trajo hasta este lugar, con la promesa de encontrarte aquí... y la orden de llevarte con nosotras.

—¿Llevarme? ¿A dónde?

—S'alharan... —Gruñó la anciana.

—Debes estar equivocada... —Contestó al instante Maliseche rodando sus ojos—. Ambos sabemos que nadie puede ingresar a S'alharan.

—Por las vías normales... —Susurró Ubabickha con su mirada fija en Melindai—. Pero estoy segura que pudiste notar al titán que sostenía algo así como un gigantesco portal ¿no?

—¿Y tú crees que esa creatura va a ayudarnos solo porque se lo pedimos?

—Supongo que para eso es la llave...

—El Uza k'nemtry... —Susurró Melindai.

—Parece que todos tienen un extraño interés en el mismo objeto —Gruñó Maliseche.

—No me mal interpretes joven capitán —Refutó la anciana —Yo no poseo interés personal en aquel objeto... y aunque lo deseara... debes saber que ni tu ni yo seriamos capaces de usarlo frente al titán, solo aquellos seres con la capacidad de soportar las palabras del titán, son quienes pueden usarlo.

—Nuestra misión era encontrar al titán capitán...

—Y la mía protegerlos... —Cortó Ubabickha—. Se nos advirtieron dos escenarios... uno pacifico... el otro...

es el que vivimos… lo lamento… pero su misión ha cambiado un poco…

—Aunque así fuera… —Espetó Maliseche— ¿Cómo planeas llegar nuevamente al portal? No sé si lo notaste, pero una extraña creatura ancestral en la forma de una hermosa za'taiwo al mando de un ejército dispuesto a dar la vida por ella parece tener tanto interés como nosotros en ese portal…

—Efectivamente joven capitán… pero creo que ustedes tienen algo que ella no, algo que ella no se arriesgara a perder, algo que ella misma buscara de ser necesario…

Fecha de navegación estelar: Desconocida.

Ubicación intergaláctica específica actual: Desconocida.

Última ubicación intergaláctica conocida: Desconocida.

—¡El enemigo está por todas partes Melindai! —Gritó Maliseche mientras salía y se alejaba de su nave.

—Afirmativo capitán, nuestra nave ha sido comprometida —Contestó una de las réplicas de Melindai que no tardo en seguir los pasos de su capitán.

—¿Puedes comunicarme con Anselý?

—¡A la orden capitán! —Espetó Melindai mientras tornaba su cuerpo una vez más en una imponente bestia que Pagtukod no dudo en montar adentrándose en el bosque.

—¿Cuánto tardara en realizarse la transmisión?

—Menos de lo esperado —Murmuró Melindai alzando sobre su cabeza una ligera proyección desde la cual Maliseche pudo apreciar con claridad a Anselý.

—¡Anselý! —Espetó— ¡¿Puedes escucharme?!

—¡Maliseche Pagtukod! —Gritó la fémina sin saber con certeza donde mirar esquivando ágilmente los ataques de sus oponentes.

—¡Dime! —Espetó Maliseche al instante— ¡¿Acaso esto es obra de Néphritel-gahum?!

—No me cabe duda de que él puede estar detrás de todo esto…

—Entonces tal vez tengas razón y el enemigo de mi enemigo pueda ser mi amigo…

—Puedes confiar en mi Maliseche Pagtukod…

—Eso espero Anselý —Masculló Pagtukod lanzando algunos disparos hacia los costados —Debemos reagruparnos…

—Concuerdo…

—¡Melindai te indicara nuestra ubicación! —Cortó Maliseche.

—¡Entendido! —Contestó la fémina antes que la comunicación se cortara.

—¿Se lo habrá creído? —Susurró el capitán.

—Recibo diversos informes de vehículos pequeños en nuestra dirección.

—Supongo que no pierde el tiempo…

—La transmisión se realizó vía señales amplias… cualquiera pudo escucharlas.

—Espero que las Kufihtago hagan su parte…

—¡Una por la izquierda! —Cortó Melindai al tiempo que Maliseche alzaba su brazo apuntaba y disparaba de manera certera en el rostro de una Svéhlavý la cual perdió inmediatamente el control de su vehículo impactando a gran velocidad contra un árbol creando una pequeña explosión a sus espaldas.

—Eso fue más rápido de lo que esperaba... —Gruñó Pagtukod.

—Mis disculpas capitán, pero de algún modo parecía no emitir señal alguna hasta que estuvimos demasiado cerca.

—No es tu culpa Melindai, recuerda que los clones son en su mayoría fabricados para la guerra... algo así era de esperarse...

—Entendido capitán... dos están por interceptarnos, prepárese —Cerró la IA mientras Maliseche volteaba y alzaba sus manos viendo casi al instante un grupo de cinco Svéhlavý tras suyo a las cuales no dudo en disparar logrando desestabilizar a una y reducir a otra mientras las demás se separaban e ingresaban entre los arboles aledaños.

—¡Creo que vas a tener que afinar tus sensores! —Espetó Maliseche disparando nuevamente y reduciendo a otra Svéhlavý.

—Ruego me disculpe capitán, pero algo no está bien, deben tener algún tipo de dispositivo de bloqueo o...

—¡Eso no importa ahora Melindai! Lo que importa es que no puedo apuntar bien a las que están entre los árboles.

—Creo tener una idea —Masculló la IA a través de su comunicador mientras la bestia rugía sin detenerse expulsando desde su hocico lo que parecía un enjambre de j'hiushis— Tal vez el enjambre por sí solo no sea letal, pero a esta velocidad definitivamente serán un problema para ellas —Cerró mientras el enjambre se dividía en dos grupos logrando desestabilizar a dos Svéhlavý más provocando que impactaran entre ellas explotando de manera instantánea.

—Eso definitivamente fue algo Melindai…

—¡Aun queda una! —Pudo escuchar Maliseche a través de su comunicador mientras veía a la última Svéhlavý abalanzarse sobre ellos logrando desestabilizar a Melindai quien de manera brusca detuvo su galope para así posicionarse, abrir su hocico y lanzar un rayo que logro pulverizar por completo a su enemiga y junto a ella todo a su paso.

—Vaya… —Susurró Pagtukod mientras Melindai reanudaba su andar —Eso estuvo bastante bien…

—Fue efectivo contra nuestro enemigo capitán, pero detenerme de ese modo retraso la carga cinética del protoportal.

—¿Qué tanta energía necesitamos?

—La estabilidad del protoportal es relativa, pero para su uso en condiciones óptimas aproximaría unos siete ti'p.

—Eso nos alejara lo suficiente del portal.

—Pero no de nuestros enemigos… —Gruñó Melindai mientras desde su grupa se formaba una pequeña torreta peluda—. He hecho algunas pequeñas mejoras en su casco capitán —Acotó mientras el casco de Maliseche se activaba sin previo aviso —Estas le ayudaran a realizar descargas más precisas las cuales complementara ingresando sus manos en mi pelaje conectando así su sistema de armamento con la torreta—. Cerró mientras un par de enjambres de j'hiushis se acercaba a cada costado de su cuerpo reincorporándose a este.

—¿Y esto es... solo precaución... o...?

—Detecto alrededor de nueve Svéhlavý acercándose a gran velocidad en un vehículo de mediano tamaño... no dudaría en que tal vez sean el doble... —Logró decir Melindai esquivando de manera certera una pequeña granada de gravedad.

—¡No las veo! —Espetó Maliseche al tiempo que Melindai detenía nuevamente su galope rugiendo estruendosamente revelando casi al instante una pequeña flota de tres naves medianas las cuales perdieron el control por unos instantes mientras la IA partia una vez más.

—Supongo que una onda supersónica es suficiente para dañar sus sistemas de camuflaje, es bueno saberlo...

—Sí, sí... —Gruñó Maliseche disparando a toda potencia hacia la nave más cercana la cual explotó de inmediato alertando a las demás del inminente peligro—. Lo importante es que ya sabemos cómo hacerlas visible, la explicación me la dejas para después —Prosiguió disparando una vez más, pero siendo esta vez esquivado por sus enemigas.

—Creo que son muchas, capitán... tendré que dividirme unos instantes.

—¿Afectará de algún modo la carga?

—Esperemos que no... —Murmuró Melindai levantando su cola y dejando caer una pequeña replica de ella en su forma humanoide lista para el combate, la cual se alzó rápidamente alcanzando en tan solo unos mi'p una de las naves y aniquilando así a todas sus enemigas.

—¿Eso era realmente necesario? —Cuestionó Maliseche disparando a la otra nave mientras apreciaba como la pequeña replica saltaba desde una nave la cual ahora perdía el control y caía explotando entre los arboles a la otra repitiendo sin piedad alguna su masacre —No parecieron ser tantas como para tener que recurrir a eso.

—Detecte al menos cinco naves más capitán, por eso la determinación de replicarme, pues en este momento, mi pequeña yo, se encuentra hackeando el sistema de navegación de las naves cercanas para hacerlas visible —Cerró mientras una flota de doce naves revelaba su ubicación acercándose a gran velocidad.

—¡Contáctame con Anselý! —Espetó Maliseche comenzando una ráfaga de disparos logrando impactar en algunas de las naves.

—La conexión se realizará de inmediato capitán, tengo un dedo rastreando la ubicación de Anselý —Cerró Melindai mientras una pequeña pantalla se alzaba sobre la peluda torreta.

—¡Pensé que podía confiar en ti! —Sentenció el za'taiwo mientras una de las naves explotaba.

—Maliseche Pagtukod, puedo escuchar tu voz, pero no puedo verte.

—¡Tus lacayas me asedian sin tregua! —Espetó Pagtukod ignorando las palabras de su interlocutora.

—Creen que el ataque en el portal fue tu responsabilidad y antes de poder entregar nuevas órdenes hubo un problema en las comunicaciones...

—¡No me interesan tus excusas! —Cortó Maliseche.

—Estoy cerca de entrar en rango para poder entregar nuevas órdenes...

—¡No me interesan tus excusas! —Reiteró el capitán con un ligero movimiento de cabeza el cual Melindai pudo entender de inmediato y cortar la transmisión.

—La carga ya está casi completa capitán —Acotó la IA mientras su replicaba lograba infiltrarse nuevamente en una de las naves enemigas deteniéndola de la manera certera.

—Y para este punto Anselý ya debe estar bastante lejos del portal.

—Solo necesitamos detenernos de manera segura y volver a la nave.

—Tu replica está haciendo un excelente trabajo allí atrás...

—Pero no será suficiente —Cortó Melindai abriendo nuevamente su hocico para lanzar un rayo que logro partir una nave frente a ellos esquivando los disparos de otra a su lado la cual Maliseche pudo interceptar disparando una nueva ráfaga desde su peluda torreta.

—Debemos detenernos Melindai, no podremos seguir así mucho más tiempo, además.

—Capitán...

—No te preocupes Melindai —Cortó Maliseche—. Tal vez son muchas, pero hasta ahora ninguno de sus ataques ha sido para eliminarnos... necesitan el cristal... —Cerró mientras la bestia reducía su galope hasta finalmente detenerse por completo.

—Muy bien capitán... —Murmuró finalmente Melindai tomando su forma humanoide una vez más—. Esperemos que esto funcione —Cerró alzando sus manos y generando dos réplicas del Uza k'nemtry.

—Tiene que... —Logró decir Maliseche al tiempo que tomaba uno de los cristales y recibía un fuerte impacto por la espalda que logro alejarlo a un par de metros de

Melindai, la cual de manera inmediata decapito a tres Svéhlavý cercanas.

—¡Capitán! —Increpó la IA ayudando a Maliseche.

—Tranquila… —Murmuró recobrando el aliento—. Todo está bien…

—No veo daño interno capitán.

—Tú sabes… —Susurró levantándose algo desorientado —Es una muy buena chaqueta… además… parece que nuestro plan va más rápido de lo esperado…

—¡El cristal! —Espetó Melindai escaneando el lugar—. No pudieron haber ido tan lejos… —Murmuró localizando una ligera huella térmica— ¡Por aquí! —Cerró Ayudando a Maliseche.

—Tranquila… estaré bien —Masculló Pagtukod indicándole a su compañera que se adelantara quien súbitamente tras algunos metros se detuvo— ¿Qué sucede?

—Creo que están allí adelante…

—Bien…

—¿Sus órdenes capitán?

—Melindai, corre tras esos árboles y trata de registrar todo lo que puedas en el paisaje, yo te cubriré, desde aquí.

La agitación y el cansancio en la voz del capitán Pagtukod Maliseche ya eran notorias al momento de dar la orden a Melindai, quien sin dudarlo avanzó de un extremo a otro susurrando al comunicador un decidido

«A la orden capitán», el cual Pagtukod podía escuchar fuerte y claro mientras Melindai se alejaba de él en el completo silencio del lugar.

—Destino asegurado capitán —Volvió a susurrar la fémina criatura— Termoanálisis de objetivos iniciado, termo-análisis terminado, hay tres Svéhlavý frente a nuestra ubicación capitán.

—Esto se siente como un maldito **déjà vu** —Susurro incomodo Maliseche antes de proseguir— ¿Segura que no hay más? No quiero más sorpresas.

—La lectura térmica solo muestra tres cuerpos femeninos capitán sin embargo puedo ver también una extraña esfera emitiendo una cantidad de calor desmesurada.

—Perfecto, cuadra las coordenadas y lanza un pumpk violeta, eso debería ser suficiente para asustarlas...

—Negativo capitán —Interrumpió rápidamente Melindai, mientras se ponía de pie con total calma luego de sentir el impacto de una extraña onda de calor.

—¿Qué acaba de ocurrir? —Pregunto Maliseche algo confundido.

—Creo que activaron un protoportal capitán.

—¿Crees? —Pregunto Pagtukod ligeramente molesto— ¿Puedes rastrear la ubicación de destino?

—Negativo capitán —Respondió Melindai mientras se acerba al humeante cráter que las Svéhlavý habían dejado atrás.

—¡¿No puedes?! —Exclamó Maliseche confundido.

—El protoportal altera momentáneamente cualquier tipo de señal, debemos esperar un poco antes de localizar el rastreador en el falso cristal.

—Bueno… pues entonces supongo que esto salió casi del todo según el plan... —Gruño Maliseche estirando sus brazos.

—Efectivamente capitán, aunque salir lastimado era una posibilidad, una que Ubabickha previo.

—Supongo que entonces ahora solo queda esperar a que las Kufihtago hagan su parte…

—Afirmativo capitán... ahora es imperativo que regresemos cuanto antes al portal.

—Bien… activa nuestro protoportal y salgamos de aquí...

Fecha de navegación estelar: Desconocida.

Ubicación intergaláctica específica actual: Desconocida.

Última ubicación intergaláctica conocida: Desconocida.

—¡No creo que podamos esperarlas a todas Ubabickha! —Espetó Maliseche descendiendo de su nave.

—Lo sé —Gruñó la anciana guiando a las que llegaban—. Pero aún tenemos tiempo.

—¡Tiempo es lo que menos tenemos Ubabickha! sé que es tu pueblo... pero si nos demoramos más...

—¡Lo sé! —Cortó la Kufihtago con resignación—. Lo sé... nos superan tal vez cien a una o más... pero dejarlas aquí es un destino peor que la muerte...

—Son guerreras Ubabickha... —Acotó Pagtukod—. Y tú también lo eres... sabes que no tenemos opción...

—Parj capitán... —Gruñó finalmente la anciana ascendiendo a la nave junto a Maliseche mientras partía.

—Ahora explícanos como se supone que atravesaremos ese portal —Prosiguió Pagtukod mientras una réplica de Melindai se materializaba a su lado.

—El titán debe decir algo... algo que nosotros —Masculló la anciana—. No tenemos la capacidad de escuchar o incluso tal vez de entender... pero ella...

—¿Ella qué? —Espetó el za'taiwo.

—Las palabras de antes capitán... —Susurró Melindai— Cuando usted cayó... Esas palabras... es como si las entendiera... pero no sé realmente que es lo que está diciendo...

—Eso no importa realmente —Prosiguió Ubabickha—. O al menos no ahora... lo que importa es que digas su nombre.

—¿Su nombre? —Increpó Pagtukod.

—Sí, una vez digas su nombre, él te debería preguntar tu destino.

—¿Qué? —Murmuró Maliseche confundido—. Espera... y entonces... si realmente es tan sencillo... ¿Por qué todos están tan desesperados por el famoso cristal?

—Tan sencillo no es Maliseche, primero debes poder hablar su lenguaje e idioma, y si así fuera, el titán solo te permitiría el paso entre portales, a menos que tengas la llave...

—El Uza k'nemtry... —Murmuró Melindai.

—Exacto... solo el que porta la llave puede ir donde sea y en el mejor de los casos... volver...

—Bueno... eso tal vez explicaría como llegamos aquí... —Masculló Pagtukod—. Ahora el problema es saber su nombre...

—Pruzeh ky'hag... —Murmuró Melindai.

—¿Qué? —Increparon Ubabickha y Maliseche al mismo tiempo intrigados.

—Antes de que el titan se moviera, Anselý dijo unas palabras...

—Y tu gritaste eso... —Susurró Maliseche aún más intrigado—. ¿Acaso lo sabias?

—No... —Contestó de inmediato Melindai con su mirada fija en Pagtukod— O eso creo... —Prosiguió entre dientes—. Pero luego... él dijo algo...

—Tal vez como dijo la anciana te pregunto tu destino... —Gruño Maliseche—. Lo que sea que dijera... esperemos que fuera eso porque ya no tenemos tiempo... —Cerró al entrar en la cabina de pilotaje y ver una vez más al imponente titán cada vez más cerca.

—Anselý podrá ser una princesa de los tiempos antiguos... —Murmuró Ubabickha.

—Pero también es una guerrera... —Prosiguió Maliseche.

—Si todo va según el plan...

—Tendrá algo esperándonos en el portal...

—Y concentrara su potencia de ataque en nosotros...
—¿Estas lista Melindai?

—Estoy en posición capitán... —Espetó Eufórica la réplica adhiriéndose con la nave y desapareciendo.

—Prepárense para lo peor —Acotó otra de las réplicas de Melindai la cual piloteaba la nave mientras Maliseche y Ubabickha tomaban asiento y conectaban sus seguros sintiendo de manera certera pero ligera el primer impacto— Un tiro de advertencia... —Prosiguió Melindai—. Veamos cómo les va con mi tiro de advertencia —Cerró con ironía disparando a máxima potencia provocando incluso un ligero descontrol en la nave debido a la onda producto del impacto—. Bueno... supongo que es innegable que captamos su atención —Refunfuñó Ubabickha.

—¡Así es! —Espetó Melindai evadiendo tanto como pudiera una ola de dispararos hacia la nave.

—¡Es momento Melindai! —Ordenó Pagtukod.

—¡A la orden capitán! —Gritó eufórica la IA al tiempo que una manada de feroces replicas en forma felina salían entre los arboles atacando simultáneamente a todas las Svéhlavý presentes en el lugar mientras una que no era réplica, sino más la original caminaba entre los disparos y las mordidas con su forma de combate, cambiando lentamente a su forma personal, liberándose así de las ajustadas ropas las cuales eran absorbidas por su propio cuerpo, soltando su larga y colorida cabellera mientras poco a poco dejaba de caminar y comenzaba a flotar hasta finalmente estar frente a frente con él imponente titan quien con su mirada fija en aquella magnifica fémina, pudo ver como el Uza k'nemtry nacía desde su pecho con un inusual brillo que solo la androide podía escuchar.

—Pruzeh ky'hag... —Murmuró temerosa la original Melindai mientras unas inexplicables lagrimas comenzaron a recorrer su rostro sintiendo que de algún modo podía comprender aquellas palabras.

—Vyk igamu ei lakou fiulsak se Bi'ha... —Contestó una vez más el titan provocando en todos los seres orgánicos y za'taiwos cercanos sintieran un ensordecedor sonido que retumbo en todos sus sentidos desembocando en un mar de gritos que, así como inesperadamente llego, se retiró—. Uj bi eimon —Cerró entonces el titan mientras la manada de Melindai aprovechaba aquel instante de descuido y acababa con las Svéhlavý presentes.

—S'alharan —Dijo entonces decidida Melindai mientras sus réplicas se alzaban junto a ella uniéndosele al tiempo que el brillo del cristal comenzaba a rodearla completamente y su réplica en la Varlata dirigía la proa de nave hasta posar ligeramente sus pies en ella absorbiendo también aquel magnifico brillo.

—Ust ak sugen igfruh aj bi eimon... —Expresó finalmente el titan pero ya no eran gritos lo que se escuchaba, pues lo que ahora retumbaba en los sentidos de todos aquellos en la cercanía, era un desconocido sentimiento de plenitud y satisfacción al tiempo que el portal comenzaba a cambiar sus colores, y sin espacio a la duda, Melindai con completa convicción hizo atravesar la Varlata a través de este.

Fecha de navegación estelar:

13Tlo't 3Flo't 6Clo't 9Nu'k 8Du'k 4Me'k 5Ke'k DP

Ubicación intergaláctica específica actual: S'alharan.

Última ubicación intergaláctica conocida: Desconocida.

—¡Capitán! —Retumbó a la lejanía en la suave voz de Melindai en los oídos de Maliseche— ¡Capitán! —Escuchó nuevamente tratando de abrir sus ojos recobrando poco a poco la conciencia— ¡Capitán! —Escuchó una vez más como si aquella voz se acercara hasta él.

—Me... lin... dai... —Susurró finalmente Pagtukod cegado por la intermitencia de docenas de luces de diversos colores.

—¡Capitán! —Escuchó el za'taiwo nuevamente logrando finalmente distinguir la silueta de Melindai alzando su mano acariciando así su mejilla —Oh capitán...

—¿Qué sucedi...

—¡Uma'derkiis! —Se escuchó a su lado cortando las palabras del za'taiwo—. ¿Se encuentra bien?

—Sigo viva... —Gruñó Ubabickha— ¿Cómo están las demás?

—Docenas de heridas... pero ninguna baja Uma'derkiis.

—Bien, las que estén menos heridas asistan al resto, y las que se encuentren en condiciones favorables formen un perímetro alrededor de la nave.

—¡Parj Uma'derkiis! —Sentenció la subordinada abandonando el lugar.

—¿Y tú Maliseche? —Prosiguió la anciana —Veo que también sigues vivo...

—Eso parece —Gruñó el za'taiwo refregando su cabeza—. Pero... ¿Qué sucedió?

—Fue... mi culpa capitán... —Murmuró Melindai apenada—. Me confié y me distraje...

—Todos pasamos por eso Melindai —Replicó Ubabickha tratando de levantarse, siendo rápidamente asistida por una réplica de Melindai—. Todos fuimos inexpertos alguna vez en el campo de batalla... lo importante es que no olvides tu error, y aprendas de él...

—No lo entiendo... —Prosiguió Pagtukod— ¿Qué fue lo que sucedió? ¿Dónde estamos?

—En nuestro destino... —Contestó la anciana mirando hacia el exterior apreciando el singular paisaje de tonos marrones lleno de extraños e imponentes árboles que parecían tan petrificados como llenos de vida cual oasis en un perpetuo cambio de estación.

—¿Melindai? —Increpó el za'taiwo aun confundido.

—Si… según mi análisis hemos llegado a S'alharan capitán y nos encontramos en un claro dentro de una zona no habitada…

—Bien —Cortó Maliseche tratando en vano de levantarse— ¡Bien! —Reiteró molesto—. ¿Pero puede alguna decirme porque siento que tengo suerte de estar vivo?

—En el momento que la nave comenzó a ingresar en el portal Anselý nos alcanzó, Melindai y el cristal ya habían pasado y supongo que por razones lógicas en una guerra la princesa decidió atacarnos, el primer impacto fue el más cercano a ti, los escudos cumplieron su parte y supongo que por eso seguimos vivos… el segundo y tercer impacto dañaron principalmente la popa de la nave y cuando finalmente ya habíamos sido completamente transportados, al llegar aquí la nave simplemente se desplomo… —Acotó Ubabickha.

—¿Y Anselý?

—Supongo que sus disparos fueron más rápidos que ella… y nosotros más afortunados… porque, aunque estemos heridos… nosotros estamos aquí y ella no…

—¿Melindai? —Increpó Maliseche buscando corroborar las palabras de la anciana.

—esde que llegamos he sido afectada por alguna clase de interferencia capitán… sin embargo, he enviado tantos dedos como fuera posible capitán y no he recibido reportes sobre su presidencia aquí…

—¿Interferencia?

—Aun no tengo certeza de lo que pueda ser capitán, el núcleo recibió algunos daños, la energía emitida por el Uza k'nemtry genero emisiones erráticas, el núcleo de los protoportales también recibió algo de daño entre otras cosas... sea lo que sea, mis replicas trabajan en ello capitán.

—Bien... —Murmuró finalmente Pagtukod con alivio—. ¿Y cuánto tiempo llevamos aquí?

—Cerca de dos tri'c capitán.

—Ubabickha...

—Solo... —Cortó la za'taiwo— Dime... Ubabi...

—Bien... —Murmuró Maliseche con una ligera sonrisa—. Dime... Ubabi... ¿Qué hacemos aquí?

—¡Uma'derkiis! —Cortó una subordinada Kufihtago ingresando en el lugar.

—¿Qué sucede? —Contestó Ubabickha de manera inmediata manteniendo la calma.

—Es... ella...

—¿Qué? —Increpó confundida la anciana— ¿Quién ella?

—¡¿Anselý?! —Increpó Pagtukod levantándose con dificultad.

—Tranquilo capitán... —Murmuró una voz entre las sombras mientras suavemente ingresaba en la cabina permitiendo que las luces revelaran su identidad.

—¡¿Zul?! —Increparon confundidos Maliseche y Melindai al mismo tiempo.

—¡¿La conocen?! —Interrogó igualmente confundida Ubabickha.

—No precisamente —Acotó con calma aquel misterioso ser—. Aquel que ustedes conocieron por Zul ya no existe físicamente entre nosotros, al igual como aquel ser que tu conociste ya hace tantos nu'k Ubabickha.

—¿Y entonces tu quién eres? —Refunfuñó la anciana.

—En términos que ustedes puedan entender, soy lo que podríamos llamar, un hermano de aquellos que ustedes han conocido...

—¿Y tú si tienes nombre? —Interrumpió Maliseche—. O también crees que los nombres son estructuras de pensamiento muy primitivas...

—Si bien solo soy otro engranaje en toda esta historia... pueden llamarme Zil...

—Perfecto... —Gruñó Pagtukod con ironía— Un engranaje filosófico... —Cerró tomando asiento.

—¿Y qué haces aquí Zil? —Prosiguió confundida Melindai.

—Los esperaba —Contestó sin vacilar aquel alto y esbelto ser de tono azulado dotado, así como su predecesor, con grandes y profundos ojos sobre una pequeña boca bajo el espacio donde debía estar una inexistente nariz teniendo como marca distintiva, una ligera línea amarilla que rodeaba su cuello.

—¿Nos esperabas? —Interrogó Ubabickha— ¿A todos nosotros?

—Si y si —Contestó Zil con calma acercándose cuidadosamente a Maliseche posicionando una vez frente a él sus suaves manos sobre su cabeza llevando a este a la inconciencia, acto que lo llevo a sentir de manera inmediata una larga y afilada cuchilla sobre su cuello— Tranquila Melindai —Prosiguió la azulada creatura—. Una de mis misiones aquí es mantener a este za'taiwo en óptimas condiciones, y para el largo camino que debemos emprender, necesitamos que pueda levantarse y caminar tanto como sea necesario —Cerró sintiendo como el frio metal sobre su cuello se alejaba poco a poco.

—¿Por qué deberíamos confiar en ti? —Increpó la anciana.

—Pueden decidir no hacerlo —Acotó Zil tras unos mi'p—. Pero sé que tienen muchas preguntas, y soy yo quien pose respuestas a muchas de estas.

—¿Hay alguien más en este planeta? —Prosiguió Ubabickha.

—Si...

—¿Alguien más como tú?

—No...

—¿Quién... o quiénes?

—Eso lo sabrán a su debido tiempo...

—¿Por qué aquí? —Interrumpió Melindai mientras diversas esferas ingresaban en la cabina y se unían a ella—. No hay nada allí afuera...

—S'alharan solía ser uno de los planetas más importantes en la galaxia, múltiples guerras se libraron con el fin de tener el control de este, debido a una materia prima... un mineral único que solo era posible conseguir aquí, el K'ménzluta un mineral que debidamente refinado permitía a quien lo consumiera expandir sus sentidos más allá de los limites propios, sin embargo, como todo en esta existencia, su consumo venia ligado a un precio que solo era posible pagar con la vida misma acortando sus tiempo de manera drástica, aquellos que lo consumían eran marcados de por vida con una insaciable adicción y un cambio en el tono de sus ojos que los volvía completamente amarillos, como era de esperar, con la formación de la federación, estos se apropiaron del planeta con excusas de tono político y cerraron su acceso imponiendo un bloqueo absoluto sobre su atmósfera, con el tiempo el planeta fue usado como base militar, volviendo locos a los altos mandos los cuales en su profunda adicción trataron de hacerse con el poder, logrando evitarlo solo gracias a la creación de un símil sintético, mucho menos efectivo, mucho menos adictivo, pero sin consecuencias mortales a corto plazo...

—Isidha —Cortó Ubabickha—. La droga de la guerra… ¿no?

—Efectivamente —Prosiguió Zil—. Aunque debido a sus propiedades sintéticas tras su consumo prolongado, esta torna los ojos de un tono anaranjado, de todos modos, fue así que finalmente la federación cerro de manera definitiva el acceso absoluto a este planeta por lo que no existe mejor lugar para prepararnos que bajo involuntaria protección absoluta del enemigo…

—¿El enemigo? —Increpó Melindai.

—En este punto deben saber que los Gahum les han traicionado, y aunque no lo crean, ustedes ahora son considerados como los seres más peligrosos y buscados de la galaxia, Anselý por su parte no perdió el tiempo mientras estaban fuera de las fronteras, y se ha encargado de sembrar el pánico, imposibilitados de seguir ocultando su presencia, la versión oficial de la federación dice que ustedes han logrado reconfigurar a centenares de clones para formar un ejército con el fin de derrocar la actual administración de la federación misma, liderados por nuestro aquí presente Maliseche Pagtukod el cual dicen los comunicados, debido a su conflictivo pasado militar ha perdido la cordura…

—¡Mentiras! —Exhaló Melindai consternada.

—Tranquila Melindai —Acotó Ubabickha—. Así es la política… siempre mintiendo… siempre ocultando… siempre de algún sucio modo triunfando… —Cerró generando un incómodo silencio que tras algunos ti'p fue interrumpido por Pagtukod.

—Una interesante historia —Murmuró levantándose—. Pero debe haber otro motivo para reunirnos a todos aquí ¿no?

—¡Capitán! —Increpó Melindai envolviendo entre sus cabellos al za'taiwo— ¿Estuvo despierto todo este tiempo?

—No precisamente Melindai —Contestó Zil—. Se podía decir que solo desactive su cuerpo para evitar resistencia mientras lo sanaba, pero este aun podía escucharnos en una especie de ligero transe...

—Sí, sí... —Cortó Pagtukod—Muy interesante, ahora dinos porque aquí...

—Verán... el K'ménzluta no es solo un simple mineral, de hecho, no es realmente un mineral... y S'alharan no es solo un simple planeta... es más bien lo que podríamos llamar en la actualidad como... un cementerio... un cementerio que en algún momento fue lo que podríamos llamar, la mesa de trabajo de uno de los 7 dioses primordiales, aquí fue donde los primeros titanes fueron creados y conservados, por lo que los supuestos minerales de K'ménzluta no son otra cosa que fragmentos de titanes que aún resisten el paso del tiempo...

—Sí, sí —Cortó con ironía Maliseche—. Esto sigue siendo muy interesante, pero sigues sin decirnos que hacemos aquí.

— S'alharan no solo tiene restos de titanes muertos o inertes capitán, también está poblado en su núcleo de titanes durmientes... es nuestro deber lograr que se unan a nosotros y la única capaz de lograr esto, es aquella que ha nacido para portar el Uza k'nemtry y hablar su lengua... —Cerró Zil con la mirada de todos sobre Melindai.

—Pero... Anselý... —Murmuró la ginoide consternada.

—Si... —Prosiguió Zil —Ella también pose este legítimo derecho de nacimiento... y ella a diferencia tuya conoce el lenguaje de los titanes de manera intrínseca... no será fácil... pero algo de tiempo tenemos antes que ella llegue para que aprendas a comunicarte con los durmientes...

—Yo... —Logró murmurar Melindai mientras sus palabras eran interrumpidas por Zil.

—Tiempo, sin embargo, tal vez no suficiente para que usted capitán Maliseche Pagtukod comience y termine su entrenamiento... por fortuna gracias a usted ahora todos sus maestros ya se encuentran aquí...

—¿Entrenamiento? —Increpó confundido Maliseche—. ¿Maestros?

—Efectivamente —Prosiguió Zil señalando con una ligera reverencia a Ubabickha.

—Suponía que el viaje no era gratis... —Acotó la anciana con la mirada fija en Pagtukod.

—Espera...

—Sé que aún tienen muchas preguntas —Cortó Zil alzando su mano ante Maliseche—. Pero ya es momento de partir...

—¿Partir? —Cuestiono Maliseche.

—Efectivamente capitán... un largo camino nos espera hasta el centro del planeta...

Fecha de navegación estelar:

13Tlo't 3Flo't 6Clo't 9Nu'k 8Du'k 4Me'k 5Ke'k DP

Ubicación intergaláctica específica actual: Antiguas minas de S'alharan.

Última ubicación intergaláctica conocida: Superficie de S'alharan.

—¿Sabes que Melindai podría llevarnos a todos sin problemas cierto? —Increpó Maliseche señalando a Ubabickha quien solo alzo sus hombros sobre la comodidad del lomo de una bestial Melindai.

—Efectivamente capitán, sin embargo, no podemos perder el tiempo y debemos aprovechar cada instancia como un refuerzo para su entrenamiento...

—Sí, sí —Cortó Pagtukod alzando sus manos—. El entrenamiento, el entrenamiento... —Prosiguió con ironía— ¿No crees que sería más practico si supiera que es lo que debo entrenar? Ya llevamos bastantes tri'c descendiendo en casi completa obscuridad y aún tenemos más preguntas que respuestas.

—Comprendo su molestia capitán...

—¡¿Si?! —Gruñó el za'taiwo— ¿realmente la comprendes?

—No —Contestó el azulado ser en completa calma de manera inmediata—. Realmente no comprendo su molestia —Prosiguió acortando su distancia con Melindai y Ubabickha— Y siendo honesto, tampoco me interesa demasiado —Cerró tocando simultáneamente la nuca de estas quienes no lograron reaccionar antes de perder la conciencia y caer pesadamente.

—¡¿Qué?! —Increpó Maliseche al instante alzando sus manos apuntando directamente al rostro de Zil— ¡¿Qué fue lo que hiciste?!

—Contestar a su pregunta… —Replico Zil entre dientes mientras una ráfaga de fuego azotaba a Maliseche quien pesé al cansancio logro esquivarla.

—¡¿Fuego?! —Gruñó el za'taiwo mirando a su alrededor buscando la procedencia de aquella llama— ¿Acaso esto fue una trampa? —Cuestionó esquivando una nueva ola de fuego de mayor intensidad acompañada de un nuevo ataque que sin problema alguno volvió a esquivar— Sabes… —Murmuró agitando sus pulgares—. Hay definitivamente muchos factores que están en tu contra al atacar con fuego a alguien en un espacio tan reducido y carente de oxigeno —Cerró sintiendo como una nueva ola de calor se aproximaba a él, posicionándose de este modo frente a aquel nuevo ataque embistiendo contra este y penetrando aquella llamarada al tiempo que sus palmas con sus dedos separados chocaban entre ellas detonando una frecuencia paralizante en un radio lo suficientemente amplio como para afectar a su agresor el cual pudo escuchar caer pesadamente frente a él.

—Eres bueno muchacho —Pudo escuchar Pagtukod mientras activaba su casco y regulaba de manera inmediata la visión nocturna de este extendiendo su mano ante aquel desconocido ser apuntando su dedo índice hacia una de sus piernas, presionando sin vacilar su pulgar generando un choque paralizante pudiendo así notar el dolor en el rostro de este.

—El primero fue una advertencia —Gruñó el za'taiwo— En el siguiente te despides de tu pierna.

—Está bien, está bien —Contestó de inmediato el desconocido alzando suavemente sus garras—. Debes tener muchas preguntas y las contestare todas, pero lo primero que debes saber es que no soy tu enemigo.

—¿No? —Gruñó Maliseche disparando un nuevo choque paralizante sobre la otra pierna del desconocido.

—¡Mi nombre es Jatriek Phritél y soy fiel a la casa Pagtukod! —Exclamó el za'tezawo mientras una ligera luz iluminaba a la casi ciega y peluda creatura de raza Zeënmy.

—Tranquilo Maliseche —Sentenció una voz de quien portaba aquella ligera luz que poco a poco se acercaba al lugar mientras Maliseche alzaba su otra mano contra este, apuntándole con su dedo índice y medio juntos lo cual activaba un disparo de frecuencia letal.

—Un paso más y disparo a la cabeza —Sentenció Pagtukod apuntando hacia la cabeza a aquel za'tezawo de igual manera que al desconocido con su dedo índice y medio juntos.

—Claro… —Contestó el desconocido con calma—. Pero no tienes de que preocuparte, Jatri solo te ponía un poco a prueba…

—¡¿A prueba?! —Cortó Maliseche— ¿A prueba de qué? —Prosiguió molesto— ¿Y quién eres tú?

—Pues para comenzar tu entrenamiento… supongo que el azul te puso al tanto de la situación ¿no?

—¿Por el azul supongo que te refieres a Zil?

—¿Zil?

—Alto… azul, de ojos grandes, delgado, una extraña marca amarilla en el cuello…

—La verdad es que hasta este momento pensé que no tenía nombre —Murmuró el desconocido alzando los hombros.

—Si… —Prosiguió Maliseche—. Los de su tipo parecen creer que los nombres son para seres inferiores…

—Si… eso suena a algo que el azul diría…

—Bien… entonces supongo que tú debes ser el maestro del que Zil hablaba… porque con las paupérrimas habilidades de este mamífero, dudo que pueda ser maestro de algún tipo.

—No seas tan cruel con Jatri… solo está fuera de forma…

—Sí, sí... —Cortó con ironía el za'taiwo—. Y entonces... ¿Quién eres tú?

—Mi nombre es Yhaon... Yhaon Pagtukod —Sentenció el desconocido aumentando la intensidad de la luz que emitía desde su mano permitiendo a Maliseche apreciarlo de manera clara notando facciones familiares en él.

—¿Pagtukod? —Increpó el za'taiwo confundido.

—Bueno... no oficialmente... —Acotó Yhaon alzando los hombros nuevamente— Soy lo que podrías llamar un bastardo de la familia Pagtukod, un hijo de Otec nacido en una de las tantas guerras en las que participo... un... jijebhaxu.

—Nunca... escuche de ti... —Murmuró Maliseche aun confundido.

—Si... no me extraña... —Prosiguió Yhaon—. A pesar de ser un jijebhaxu... un simple bastardo de guerra... tu abuelo debió pensar que sería útil de alguna manera para la gran casa Pagtukod... y me llevo con el... fui criado con ciertos privilegios... pero nunca como un hijo de verdad... solía encargarme de mantener todo en orden con los empleados y tenía lo que tu abuelo llamaba... el «privilegio» de ser el cuidador personal de Amahan... tu padre...

—Mi padre... —Murmuró nuevamente Maliseche cada vez más confundido.

—Si… tu padre… —Continuó Yhaon —Lo que en teoría me convierte a mí en tu tío… y dadas las circunstancias… también en tu nuevo maestro… por lo que realmente agradecería si dejas de apuntarme a mí y a Jatriek…

—Lo siento… —Sentenció Maliseche—. Pero no he logrado sobrevivir todo este tiempo creyendo las palabras de cualquier tipo que se cruza en mi camino… menos de aquellos que tratan de salvar a alguien que como saludo decide atacarme…

—Tal vez yo pueda ayudar capitán… —Resonó en las cercanías en la suave voz de Melindai.

—¡¿Melindai?! —Espetó el za'taiwo— ¡¿Eres tú?! ¿Estás bien?

—Si capitán… —Afirmó la IA mientras Maliseche veía tras Yhaon lo que parecía un tentáculo violeta envolver con agilidad su cuello presionándolo de manera firme pero no letal—. Solo de la orden capitán… y terminare con la vida estos dos —Sentenció acercando a la luz el cuerpo completamente envuelto de un inconsciente Zil, quien colgaba de cabeza.

—¿Qué sucedió Melindai? —Interrogó Maliseche bajando una de sus manos sin dejar de apuntar al za'tezawo que aún se mantenía ligeramente aturdido en el piso.

—Zil paralizo el cuerpo de Ubabickha y el mío, permitiéndonos, así como con usted, escuchar todo lo que sucedía, sin embargo, de algún modo que aún estoy comprendiendo pude librarme de este transé y antes de que pudiera hacer algo envolví el cuerpo de nuestro azulado amigo...

—¿Y por qué esta inconsciente?

—Bueno... tal vez no solo lo envolví...

—¿Y Ubabickha?

—Aun se está reponiendo...

—Bien... y supongo que mientras hablábamos ya analizaste la sangre de Yhaon... ¿no?

—¿Hice mal? —Preguntó Melindai algo avergonzada.

—Para nada... pero dime... ¿Es realmente un Pagtukod?

—Si... —Sentenció la IA.

—Bien... puedes soltarlos —Ordenó mientras bajaba su mano dejando así de apuntar al za'tezawo en el piso.

—Me parece que hacen un buen equipo... —Acotó Yhaon sobando su cuello.

—Gracias —Susurró Melindai avanzando con sus largos y coloridos cabellos hasta llegar a Maliseche apoyando sobre este su desnudo cuerpo.

—¿Cuándo crees que despierte Zil? —Increpó luego de algunos mi'p Ubabickha apareciendo entre las sombras del lugar cerca de Maliseche.

—No estoy del todo segura... —Murmuró Melindai vistiendo su abultado cuerpo al tiempo que cambiaba su apariencia por aquella que había decidido usar en el campo de batalla—. Me parece que de algún modo revertí lo que él nos estaba haciendo... y lo use en su contra... tal vez pueda despertarlo... —Cerró acercándose hasta su cuerpo.

—¿Te encuentras bien... abuela...? —Susurró Maliseche sin mirarla.

—No podría estar mejor... —Murmuró la anciana con ironía.

—Supongo que…

—No supongas nada… —Cortó la za'taiwo —Fue un error producto del agotamiento que no volveré a permitir... es todo lo que debes saber... es todo lo que diré...

—Parj… —Susurró finalmente el fornido capitán mientras observaba como Zil recobraba la conciencia.

—Tienes más habilidad de la que había anticipado Melindai —Acotó el azulado ser mientras se levantaba —Supongo que ya estamos todos juntos —Prosiguió acercándose a Jatriek y colando sus manos sobre su cabeza.

—Sí —Contestó Yhaon mirando a su alrededor —Solo resta que Jatriek pueda andar y continuaremos nuestro camino.

—¿Continuar? —Increpó Maliseche— ¿Continuar a dónde?

—¿Acaso Zil no te informo? —Cuestionó Yhaon— Debemos llegar al centro de este planeta... Los titanes no se despertarán solos... además... Zelika debe estar preocupada.

—¿Zelika?

—La mejor Prinrodaý'mang del planeta —Acotó Jatriek con orgullo e ironía.

—No es como si hubiera más seres de primera categoría en este planeta, pero sin ella, tal vez ya estaríamos muertos —Prosiguió Yhaon mientras su peludo amigo se ponía de pie— ¿Mejor?

—Mejor... —Afirmó el za'tezawo avanzando a paso firme.

—Un momento —Cortó Maliseche desagradado —Esto no tiene mucho sentido... ¿Cómo planean llegar al centro de este planeta? Ya llevamos bastante descendiendo a pie... no me digan que el resto será igual... ¡¿Y quién dupril es Zelika?!

—Tranquilo amigo... —Contestó Yhaon con calma alzando sus manos—. Ahora estamos en el sistema antiguo de minas, pero este sector está conectado con las ultimas que funcionaron aquí, que cuentan con elevadores y algo de electricidad, originalmente nada llegaba hasta el centro claro... pero Jatriek y Zelika se encargaron de eso... podríamos decir que esa fue su primera aventura de recién casados... Vamos... no hay tiempo que perder... —Cerró el za'taiwo avanzando nuevamente

—¿Dupril? —Susurró Melindai algo confundida cerca de Ubabickha tornando su cuerpo nuevamente en su forma bestial.

—Excremento de Velurybas... —Murmuró la anciana montando en su lomo.

—Oh...

Fecha de navegación estelar:

13Tlo't 3Flo't 6Clo't 9Nu'k 8Du'k 4Me'k 5Ke'k DP

Ubicación intergaláctica específica actual: Centro de
S'alharan.

Última ubicación intergaláctica conocida: Antiguas minas de
S'alharan.

—¡Que bien! Finalmente llegaron —Se pudo escuchar en la melodiosa voz de una za'tezawo cercana mientras el exquisito aroma de la comida fresca invadía los sentidos de los presentes.

—Amigos —Expresó con orgullo Jatriek—. Les presento a mi esposa Zelika.

—¡Ya veo! —Aseveró con inocencia Melindai —¡Ambos son zeënmys! Debe ser cómodo para ustedes estar aquí abajo.

—¿No crees que eso es un poco racista? —Murmuró Ubabickha rodando sus ojos.

—¿Racist...

—Ni si quiera lo intentes —Cortó Maliseche—. Me disculpo si mi compañera les ha ofendido, ella aun es nueva en este mundo... literalmente...

—Oh... no se preocupen —Acotó Zelika—. En cierto modo es verdad, nuestra raza suele vivir bajo tierra.

—Razón por la que comúnmente suelen ser muy buenos Krajiný'mang —Acotó Yhaon tomando asiento— ¡Pero no estos dos!

—Por favor —Prosiguió Zelika algo avergonzada—. No se queden ahí... pasen... tomen asiento...

—¡Por favor! —Prosiguió Jatriek extendiendo sus brazos notando que nadie avanzaba—. Deben estar agotados y hambrientos y la comida está fresca y caliente.

—Mi tripulación... —Murmuró Ubabickha.

—No te preocupes, hay suficiente espacio para todos, Zelika y Jatriek han hecho un excelente trabajo aquí abajo creando un cuartel adecuado, cuando terminemos de ordenar algunas cosas, personalmente iré por ellas —Acotó Zil extendiendo su mano para que el resto tomara asiento.

—Bueno… —Susurró Melindai—. Personalmente yo no consumo alimentos como ustedes…

—Simplemente toma asiento —Cortó Maliseche rodando los ojos mientras se acomodaba en la mesa— Tu también abuela... —Cerró con ironía.

—Esta bie…

—¡Vaya! —Cortó Maliseche nuevamente luego del primer bocado —Esto está realmente fresco... ¿Cómo...

—¿Es esto posible? —Prosiguió Yhaon— Zelika es una Prinroday'mang, sin ella no sé qué haríamos.

—Debido a la extraña interferencia del lugar —Acotó Melindai—. No tengo contacto con el resto de mí, por lo que tampoco puedo buscar información en la base de datos de la nave...

—¿Cuál es tu duda? —Increpó Ubabickha.

—¿Prinrodaý'mang?

—Son los Mang que tienen control sobre la naturaleza en general, especialmente sobre el reino vegetal, son comúnmente llevados a la guerra como médicos debido a sus conocimientos en sustancias medicinales...

—Oh...

—¿Algo no te quedo claro?

—Bueno...

—Habla.

—¿Mang?

—Bueno... los mang son seres con afinidad o control sobre las artes del Íliumay elemental, existen varios tipos, los Puzarný'mang como Yhaon o Jatriek tienen control sobre el fuego, los Prinrodaý'mang como Zelika sobre la naturaleza y los Thunzý'mang como yo y mi gente controlamos lo que en términos sencillos podríamos llamar como la obscuridad... existen claro más tipos y cada uno cumple un rol distinto en las diversas guerras...

—Y antes que lo preguntes... —Prosiguió Maliseche—. No se tiene real certeza de lo que el Íliumay es... bueno... solo sabemos que es alguna clase de energía que puede usarse o manifestarse de diversas maneras...

—Los S'hicke por ejemplo —Prosiguió la anciana—. Son seres con la capacidad de controlar el Íliumay con el fin de ver posibles alternativas o caminos futuros...

—Antiguamente era algo que solían hacer los pilotos... —Continuó Yhaon—. Pero se dice que en algún punto comenzaron a confiar más en sus visiones que en sus verdaderas capacidades y comenzaron a fallar... por lo que eventualmente se convirtió en algo así como un tabú ser piloto S'hicke.

—Ya veo... entonces así es como Zelika puede producir vegetales frescos...

—¡Efectivamente! —Espetó Yhaon.

—¿Y cómo termina una Prinroday'mang encerrada en estas minas con estos dos Puzarný'mang y esta.... Cosa...? —Increpó Maliseche mirando fijamente a Zil.

—Bueno... —Prosiguió Yhaon—. Eso es tal vez un poco mi responsabilidad y un poco culpa de Zil... por cierto... ¿Zil?

—Mi predecesor debido a vuestras circunstancias fue conocido como Zul... —Contestó el azulado ser notando la incertidumbre de su nuevo nombre —En cambio yo he preferido debido a las circunstancias Zil...

—Espera... —Cortó Maliseche— ¿Entonces Zul o Zil tienen algún tipo de significado?

—En lenguas perdidas y posterior a la era de los titanes, con la entonación adecuada, Zul era una expresión usada para causar, otorgar o pedir placer...

—Eso explica algunas cosas... —Murmuró Maliseche—. ¿Y Zil?

—Abnegación...

—Eso tiene lógica —Acotó Yhaon

—Bueno... —Prosiguió Ubabickha luego de unos mi'p— ¿Entonces cómo fue que terminaron aquí?

—¡Cierto! —Continuo el jijebhaxu—. Pues como ya escucharon, mi padre fue el famoso Otec Pagtukod, y como también escucharon, este me llevo a su hogar, donde mi trabajo principal era de cuidar a Amahan y mantener todo en orden con los empleados, uno de ellos era mi amigo aquí presente Jatriek quien para cuando llegue tenía la misma edad que yo y fue quien me ayudo a aclimatarme, con el paso de los nu'k tanto Jatriek como yo, comenzamos a desarrollar nuestras habilidades, algo que para él podía ser bastante complicado al ser de la «servidumbre» y del mismo modo para mi podía serlo, pues nada podía ni debía opacar al legitimo hijo de Otec... sin embargo, por el mismo tiempo las habilidades de Amahan también se manifestaron, por lo que él comenzó a tomar lecciones de su padre las cuales comenzó a enseñarnos en secreto a nosotros... lo cual claro, para ese entonces creímos era una excelente idea... hasta que Otec se enteró... creímos también que sería nuestro fin... pero... no fue tan así, claro, tampoco fue un para mejor, Otec simplemente nos removió de nuestros cargos, y se encargó personalmente de nuestro entrenamiento, lo cual significo en interminables tri'c de entrenamiento de lefi a sula... y al cumplir la edad requerida nos enlisto en sus pelotones...

—Al ser Puzarný'mang nuestro lugar siempre era en la primera línea de ataque... —Continuó Jatriek—. Y así nuestras vidas se convirtieron en una guerra tras otra...

—Como ya podrán imaginar —Acotó Zelika—. Allí fue donde yo los conocí... tras cada batalla era mi misión dejarlos en pie una vez más... aunque a veces Jatriek solo inventaba excusas para llegar a la enfermería... —Cerró sonrojándose.

—Un ke'k... —Prosiguió Yhaon—. Luego de una ardua batalla, Jatriek y yo a pesar de siempre cuidar de nuestras espaldas, fuimos a dar a la enfermería en peores condiciones de las normales... Zelika estaba por comenzar con lo suyo, cuando fuimos atacados por el enemigo... no pudimos defendernos... fuimos tomados como rehenes...

—Para nuestra fortuna, y tal vez debido a nuestro parecido por ambos ser zeënmys no notaron que Zelika era una Prinrodaý'mang, por lo que fue encerrada junto a nosotros...

—Allí pasaron las me'k... y poco a poco con lo que tenía cerca fui curando a mis camaradas... hasta que el enemigo lo noto... durante ese tiempo Jatriek y yo... bueno... ellos usaron esto en nuestra contra y me obligaron a curar a sus heridos también...

—Para cuando termino la guerra y finalmente fuimos libres… descubrimos que tanto Yhaon como yo y algunos otros camaradas, habíamos sido dados por muertos, Zelika por su parte fue encontrada curando al enemigo por lo que se le acusaría de traición...

—Allí fue cuando Zil apareció... No teníamos idea quien era, jamás nos dijo su nombre, pero nos ofreció una alternativa... nos ofreció... libertad... o lo más cercano a ella... bueno... realmente me lo ofreció a mi... pero no estaba dispuesto a dejar ni a Jetriek ni a mis camaradas atrás...

—Y yo no estaba dispuesto a dejar a Zelika a merced de una corte marcial…

—Así que no lo pensamos mucho... y lo seguimos hasta acá...

—Espera un momento… —Cortó Maliseche—. Pensé que ya éramos todos... pero según lo que dices... ¿no debería haber más gente aquí?

—Buena observación sobrino... —Contestó Yhaon con una amplia sonrisa—. Tal vez tú tienes una misión propia de la cual llevas no mucho enterado, pero nosotros... nosotros llevamos más de algunos clo't preparándonos para lo que se avecina...

—¿Lo que se avecina? —Increpó Melindai confundida.

—Algo en la federación está podrido amigos míos... ellos hablan de paz una y otra vez... pero la guerra nunca termina... todo aquel que tiene una queja es exterminado y aunque todo organismo viviente llegue a creer que vivimos en armonía, este sistema no podría ser más corrupto y caótico...

—¿Dónde está el resto? —Insistió Maliseche.

—No solo nos escondemos de tu enemigo bajo las narices de nuestro enemigo común... —Contestó Yhaon—. Todas esas naves allá arriba están llenas de seres de primera y segunda categoría cansados y decepcionados de la federación, seres fieles a nuestro principio...

—¿Qué está sucediendo aquí? —Increpó Ubabickha intrigada.

—¿Acaso no lo ven? —Prosiguió Yhaon—. Ustedes son o fueron soldados... saben que algo no está bien... y tu más que nadie debería comprenderlo Maliseche...

—¿Capitán? —Murmuró Melindai.

—Vamos sobrino... dile la verdad a nuestra campeona... dile porque puedes lanzarte a las llamas sin miedo a la muerte... dile que es aquello que has visto de cerca tantas veces... y por qué ahora vagas en soledad por el cosmos...

—Miserable...

—¡¿Capitán?! —Increpó Melindai confundida deteniendo con sus cabellos a Maliseche quien al escuchar aquellas palabras no había dudado en levantarse y alzar su mano apuntando directo a la cabeza de aquel jijebhaxu.

—Ellos... —Gruñó el fornido za'taiwo—. Yo...

—Tranquilo Maliseche... —Susurró la anciana—. Nadie aquí juzga tus actos... pero tal vez tu subordinada deba saber la verdad...

—¿Capitán? —Reiteró Melindai retirando sus cabellos de la mano del za'taiwo apreciando su ira con total inocencia.

—La batalla estaba tomando más tiempo del estipulado... —Gruñó el za'taiwo tomando asiento pesadamente— ¿Cuál y por qué? En ese punto ya no eran preguntas que me hacía... simplemente fui llamado a cumplir con mi deber... y como tantas otras veces tomé mi flota y me dirigí al lugar... las ordenes fueron simples... había un pequeño satélite natural que ocupaba una posición estratégica para las comunicaciones... y el enemigo tenía control sobre el... solo debíamos bombardearlo y al cortar las comunicaciones del enemigo, para lo que fuimos equipados con bombas sónicas de máxima potencia, estas destruirían todo equipo de comunicación existente en el lugar y de paso acabaría con la vida de los enemigos, luego tendríamos tiempo suficiente para avanzar hasta el planeta, descender y aprovechar su desconexión para acabar con ellos... supongo que para ese entonces ya había formado cierto nivel de reputación y si me habían confiado esa misión, como tantas otras, confiaban en que lo haría de la mejor manera y no me tomaría las cosas a la ligera... por lo que al llegar allí note de inmediato que algo no cuadraba... a pesar de ser un punto de tal importancia, nadie defendía la posición y la única señal que pudimos interceptar... fue una señal de socorro, avise de esto a los altos mandos, y ellos insistieron en seguir las ordenas previamente estipuladas... al ver mi negativa explicaron que tal vez sus defensas se habían trasladado para defender algún otro punto, sin embargo, esto no me dejo tan satisfecho como ellos esperaban, por lo que decidí desacatar las ordenes... se me advirtió sobre las consecuencias del desacato... pero los ignore... tal vez para ese punto ya me había vuelto algo arrogante, pero solía entregar resultados satisfactorios, así que tome uno de los escuadrones y descendimos en una improvisada misión de reconocimiento... cuando llegamos allí pudimos notar que no existía ningún centro de comunicación... todo lo que allí había eran cientos de seres de todas partes...

mang que de algún modo inestabilizaban el Íliumay elemental en su descendencia provocando reacciones erráticas, inesperadas y muchas veces... mortales... claro... a veces podía simplemente suprimirse el Íliumay de aquel engendro... pero nadie estaba realmente dispuesto a correr el riesgo... por lo que aquellas uniones fueron simplemente prohibidas...

—¿Capitán? —Increpo la IA confundida.

—¿Aun no te das cuenta Melindai? —Gruño Maliseche levantándose con calma de su lugar—. Saca las cuentas... Ubabickha es mi abuela... una thunzi'mang... y el tipo ahí frente a ti... hijo de Otec Pagtukod es un Puzarný'mang al igual que su hermano... mi padre...

—Pero usted...

—Tranquila Melindai... nadie corre ningún peligro de explotar cerca mío... yo no soy más que una abominación inservible... una llama que jamás encendió... —Cerró Maliseche alejándose del lugar.

—¡Al contrario! —Espetó Yhaon — ¡Tú eres el Awọ Jhïmaro!

—El portador de la llama purpura... —Susurró Melindai observando fijamente a Ubabickha extendiendo sus cabellos hasta ella—. Usted sabía todo esto...

—No pierdas tu tiempo buscando a quien culpar Melindai —Contestó la za'taiwo sintiendo como los pesados cabellos de Melindai comenzaban a envolver

esclavizados y vigilados por una pequeña escuadrilla de piratas fuertemente armados... aquel satélite no representaba ningún peligro... pero era un yacimiento natural de cristales de Tivurdý... las cosas se volvieron un poco confusas y decidí acabar con los piratas... mi escuadrón no dudo en seguirme... liberamos a todos en cuanto pudimos y mientras los trasladábamos poco a poco a nuestras naves, un bombardeo comenzó... una segunda flota había llegado... tenían las mismas ordenes que nosotros, pero se les informo de una supuesta traición... no solo debían bombardear el lugar... también debían acabar con nosotros... salve a tantos como pude... mi flota perdió algunas naves y cientos de tripulantes... a pesar de todo... logramos escapar... pasaron algunas me'k mientras evitábamos el ataque y la persecución, tome total responsabilidad de lo sucedido y fui inmediatamente encarcelado... durante mi encierro pude enterarme que en el planeta tampoco había enemigos, solo algunas tribus poco avanzadas que al parecer cuidaban algunos yacimientos de cristales de Tivurdý... pero eso ya no importaba... la federación había acabado con todos ellos... y del modo más rápido había tomado control de aquel sector... por mi parte me esperaba una corte marcial... no tengo certeza del porqué, pero esta estaba tardando más tiempo del esperando, según mi informante, los rumores de mi acto considerado heroico se habían esparcido... de algún modo representaba una amenaza para la federación... algunos pedían la pena máxima... otros una promoción pero quitándome completamente del campo de batalla... finalmente los Gahum intercedieron... y la sentencia fue entregada... toda mi flota fue disuelta, cualquier contacto con cualquiera de ellos, sería considerado un acto de rebeldía y causaría la sentencia máxima inmediata para ellos, para calmar los ánimos del público, fui condecorado en una ceremonia pública y posteriormente dado de baja en una ceremonia privada... de manera casi inmediata también fui considerado un paria para la federación y todos sus servicios por al menos un clo't...

—Ellos... —Murmuró Melindai.

—Ellos no buscan realmente la paz de este universo Melindai... —Acotó la anciana—. Ellos solo buscan poder... y están dispuestos a eliminar a quien sea o cuantos sean con tal de obtener lo que ansían.

—Pero... porque dejar vivo...

—¿A toda su tripulación? —Cortó Yhaon—. Eso es sencillo... era simplemente más fácil disolverlos por todo el cosmos y así mantenerlos aislados y en silencio que sentenciar a tantos al mismo tiempo... lo complejo es... ¿Por qué dejar vivo a Maliseche Pagtukod?

—Por el mismo motivo que los Gahum le habían adoptado... —Acotó Zil—. Poder...

—¿Qué? —Gruño Maliseche.

—Maliseche Pagtukod, el ultimo descendiente de casa Pagtukod —Prosiguió Zil—. Como bien deber saber, con ese apellido no solo está la fortuna q ostentaba vuestra familia y que con soltura h desperdiciado durante todo tu... retiro... sino tamb el poder político-militar que habían cosechado dura todo el ultimo tlo't tus ancestros, poder que los Gah no estaban dispuestos a dejar en manos de un inexperta abominación como lo eras tú ante sus ojos

—¿Abominación? —Increpó Melindai extendie sus cabellos hasta llegar a Zil presionando poco a p su delgado cuerpo.

—Existe una regla... —Acotó Ubabickha—. ley... un tabú... para todos los Mang de este univer «su elemento puede ser tu aliado, tu amigo, jamá amante»

—¿Y eso que se supone que significa? —Cuest Melindai sin soltar a Zil.

—En el tiempo posterior a la caída de Pan —Prosiguió la anciana—. Y con una recién for federación que asumía el poder, las grandes cas comenzaron a conformar y el Íliumay comenzó explorado de maneras más minuciosas, durant tiempo y con la poca información que existe, sab que sucedieron algunos... explosivos incide provocados por los vástagos de dos tipos distint

su cuerpo—. Todos aquí lo sabíamos... y en el fondo...
creo que Maliseche también lo sabía...

Fecha de navegación estelar:

13Tlo't 3Flo't 6Clo't 9Nu'k 9Du'k 1Me'k 1Ke'k DP

Ubicación intergaláctica específica actual: túneles de

S'alharan.

Última ubicación intergaláctica conocida: Centro de

S'alharan.

—Las Kufihtago ya se han acomodado —Sentenció Melindai ingresando en el mirador creado por los zeënmys sobre la cámara principal en el centro del planeta acercándose lentamente hasta llegar junto a su capitán—. Algunas Ulý han descendido también para ayudar, pero la mayoría de las que había se han quedado reparando la nave

— ¿Ulý? —Interrogó Maliseche sin quitar la vista de aquellas imponentes creaturas.

—Sí... —Murmuró la IA antes de proseguir tras unos extraños mi'p de silencio—. Sentí que era algo injusto para mí misma decir «el resto de mi» cuando no estamos todas en un mismo cuerpo considerando que ellas no son el resto de mi... son tan yo, como yo misma... solo que... desconectadas por la interferencia... ¿Esto es extraño?

—Para nada... —Contestó el fornido za'taiwo apreciando el rostro de su subordinada —Me parece lo más justo para ti misma... aunque... me queda una duda...

—¿Sí?

—¿Tu eres Melindai?

—Si.

—Y el resto de ti... las... Ulý... ¿también lo son?

—Si...

—Y... ¿Por qué no decirles Melindai?

—Hemos... o he acordado realmente... que Melindai es el nombre que recibe aquella que siempre estará a su lado capitán... cualquier replica que cumpla una función lejana será llamada o considerada una Ulý... después de todo... supongo que si todos tienen sus ejércitos... no me viene mal uno propio ¿no?

—Supongo entonces que finalmente Melindai es algo así como un título honorario...

—Es una buena forma de verlo —Contestó la IA entre risas.

—Puedo notar además que la idea... o la locura que es esta guerra es algo en lo que estás de acuerdo...

—Mientras estuve arriba... —Murmuró Melindai apreciando a los titanes—. Aproveche de estudiar la historia de este universo... creo... que jamás me había importado nada de ella... excepto usted claro... hasta ahora...

—¿Y cuál fue tu conclusión?

—Que a pesar de las cifras… a pesar de todo aquello que los diversos seres ven, o escuchan de la federación… ningún ser estuvo tan mal… como lo llego a estar cuando la federación se conformó… hay muchas cosas que creo aun no entender… pero definitivamente… esta ilusión de democracia… no es más que eso… una ilusión… el mismo sistema de castas… es algo… horrible…

—Horrible? —Cuestionó Maliseche con una ligera sonrisa en su rostro.

—¿No le parece algo extraño capitán? La diferencia entre la primera categoría y la segunda categoría no debería siquiera existir…

—Primera categoría… —Acotó Pagtukod—. Seres dotados de inteligencia con libre albedrio y clasificados como lo son los za'taiwo, los za'tezawo y los za'tizilowi…

—Segunda categoría —Prosiguió Melindai—. Seres dotados de inteligencia con libre albedrio, pero… no clasificados…

—Tercera categoría… Seres dotados de inteligencia, pero sin libre albedrio.

—Cuarta categoría… Seres no dotados de inteligencia, pero… con libre albedrio.

—Y finalmente la quinta categoría…

—Seres no dotados de inteligencia sin libre albedrio… las diferencias casi no tienen sentido capitán…

—Y aun así… existen…

—Pero entonces… ¿Qué seria yo capitán? Un ser nacido en la quinta categoría que tras docenas de nu'k junto a usted paso a estar dentro de la tercera categoría para finalmente estar dentro de la segunda… pero parecer uno de primera… no tiene sentido… ¿Quién impuso esto? ¿Por qué es solo la primera categoría de seres, aquellos que reinan y deciden sobre el resto? ¿Por qué…

—Tranquila Melindai… —Susurró inesperadamente Maliseche tomando entre sus brazos a la ginoide—. Has llegado muy lejos en tan poco tiempo… tal vez no he sido el mejor ejemplo… bueno… realmente he sido un pésimo ejemplo… pero a pesar de todo lo que puedas ver y aprender… tu estas aquí ahora… y existes entre nosotros… y si lo que Zil dice es verdad… también… sobre nosotros…

—¿De verdad cree que pueda llegar a comunicarme de manera adecuada con estos titanes?

—Bueno… tu eres la que quiere ir a la guerra… y si Zil llega a tener razón… cada una de estas creaturas podría equivaler a centenas de ellos en el campo de batalla… aunque luego de muchos tri'c aquí en completo silencio apreciando la calma de este lugar… no dejo de cuestionarme… ¿Por qué ellos están aquí… y no están allá afuera como el resto?

—Hay muchas cosas que aun no comprendo capitán… —Murmuró Melindai extrayendo el Uza k'nemtry desde su pecho—. Pero de algún modo siento que esto pertenece aquí… Tal vez ellos lo cuidaban… tal vez alguien lo robo…

—O tal vez… lo tomo prestado —Murmuró Maliseche sintiendo como poco a poco el ambiente se volvía más denso—. Tal vez incluso el cristal solo buscaba su nuevo dueño…

—Esta es una era de cambios capitán… es el renacer de una nueva era…

—¿Sí? —Cuestionó el za'taiwo incrédulo.

—Bueno… eso decía el resto… —Contestó Melindai alzando los hombros—. En especial Yhaon… puede llegar a ser bastante apasionado…

—Sí… No confió realmente en el…

—Pero es su tío…

—Es hijo de mi abuelo… —Interrumpió Maliseche—. Si… pero yo jamás conocí a familia realmente… o no la recuerdo al menos…

—¿Qué hay de la madre de su padre… su… abuela?

—Los Gahum decían que era más política que guerrera… y que falleció en misteriosas condiciones… que es solo una forma linda de decir que fue traicionada en el campo de batalla…

—Lo que me recuerda algo… —Susurró Melindai antes de proseguir—. Hay algo que no entiendo…

—Adelante… soy todo oídos…

—Por lo que entendía… la federación se suele ocupar de la educación base de casi todos los seres de primera categoría…

—Si…

—Pero salvo usted ningún otro ser aquí estuvo bajo ese sistema educativo…

—Eso es correcto…

—¿Por qué?

—Bueno… durante la infancia previo a ingresar en el sistema educativo de la federación se suelen hacer diversas pruebas en los seres de primera y segunda categoría para determinar su conexión con el Íliumay, algunos presentan conexiones fuertes otros más débiles y algunos simplemente no presentan conexión alguna… estos últimos son sometidos al sistema educativo general, mientras que los otros suelen ir a lo que podríamos denominar como academias privadas… claro… todo también dependiendo de la clase de dominio que tengas sobre el Íliumay… en el caso de los Thunzý'mang por ejemplo suelen educarse dentro de sus propias comunidades, las cuales también suelen ser muy herméticas, la mayoría de los Puzarný'mang por otra parte suelen ingresar en instituciones militares… el cual como ya sabes no fue el caso de mi padre, su hermano y su amigo… pues ellos tuvieron lo que muchos considerarían el privilegio de ser entrenado por el gran Otec Pagtukod… —Cerró Maliseche con ironía mientras Melindai ingresaba el Uza k'nemtry en su pecho.

—Ya veo… pero hay algo que aún no me queda claro…

—Solo dilo Melindai… —Murmuro el za'taiwo alzando los hombros.

—Usted…

—No… yo no presente ningún tipo de conexión al Íliumay, lo cual era una posibilidad dado que mis padres rompieron el tabú…

—Por el contrario, capitán Pagtukod —Interrumpió Zil apareciendo en el lugar—. Su conexión al Íliumay es uno de los más fuertes del que se tiene registro…

—¿Y cómo sabes eso? —Increpó Maliseche— ¿Y de dónde saliste? —Cerró notoriamente molesto.

—Para poder controlar a los aliados políticos de la familia Pagtukod, los Gahum intercedieron exigiendo las pruebas correspondientes en usted, dado que como dicta la ley, la vida de todo ser engendrado bajo el tabú mang, debe ser terminada de manera inmediata, fue así que tras las pruebas, de algún modo los Gahum alteraron los registros con tal de mostrar una nula conexión al Íliumay, de este modo usted no representaría una amenaza para nadie… pudiendo así como ya bien sabe, adoptarlo y hacerse cargo de su herencia…

—Digamos que te creo —Espetó Pagtukod—. ¿Cómo puedes estar tan seguro sobre mi conexión con el Íliumay? Y reitero… ¡¿de dónde dupril saliste?!

—Durante su estancia en la nave del maestro Deb este aprovecho la instancia para realizarle algunas… pruebas… y venia en camino para hablar con usted…

—Cuando oportunamente llegaste justo en el momento que tocábamos ese tema… —Gruño el za'taiwo.

—Efectivamente capitán —Contestó Zil con indiferencia ante la molestia de Maliseche.

—Bueno… no sé quién te habrá dicho eso… pero yo no recuerdo ninguna prueba… excepto…   —Murmuró Pagtukod tratando de recordar—. Ese extraño momento… con esas luces… dentro de esa habitación obscura…

—Debido al nivel tecnológico que poseía la nave del maestro Deb, este realizo las pruebas durante su letargo con el fin de importunarlo lo menos posible… —Prosiguió Zil—. Y respecto a aquella habitación… si bien los resultados habían sido positivos, aún quedaba saber porque nunca había usado sus poderes… o cual eran realmente sus poderes…

—¿Awọ Jhïmaro? —Murmuró Melindai intrigada.

—Efectivamente Melindai —Asintió Zil—. El maestro Deb tenía la sospecha y la esperanza que pudiera ser eso, por lo que primero probo de maneras un tanto… rudas si su teoría era correcta… y tras comprobar la afinidad del Awọ Jhïmaro en el capitán Pagtukod en función al acotado tiempo que tenían... el... trato... de activarlo... por decirlo de alguna manera...

—Recuerdo eso... —Murmuró el za'taiwo.

—Pero las cosas no salieron como lo esperaban... —Acotó Melindai—. Y tuvimos que escapar de ahí...

—Una vez más en lo correcto Melindai...

—Esto no tiene sentido —Cortó Maliseche—Si nadie sabía de esto, ni tampoco estaban seguros...

—¿Cómo es que sabíamos a quienes traer? ¿Con quién entrenarlo? —Interrumpió Zil—. No tengo total certeza de como funcionaron las cosas, solo sé que existían diversas posibilidades, tal vez usted podía ser un Thunzý'mang como su madre o un Puzarný'mang como su padre... razón por la cual debía estar al menos un maestro de cada diciplina... alguien en quien usted pudiera confiar... alguien que pudiera unirse a la causa...

—Pero no resulte ser ninguno de las dos... —Gruñó el za'taiwo.

—Efectivamente capitán... y debo admitir que muchas cosas podrán ser complicadas de aquí en adelante.

—Especialmente si crees que confió en esos dos allí dentro... —Espetó Maliseche—. Más aun con su... causa —Cerró con desagrado.

—¿Capitán? —Inquirió Melindai.

—Tal vez tu sientas algún tipo de responsabilidad Melindai… —Espetó Pagtukod—. Puedo entenderlo… fuiste creada para esto… pero yo he vivido una vida alejándome de esto… una vida dejando atrás este mundo de muerte y devastación… ¿y ahora me dicen que debo tomar control sobre la casa Pagtukod? ¿Qué mi conexión con el Íliumay es fuerte? Y finalmente esa basura del Awọ Jhïmaro…

—Capitán… —Murmuró la IA acongojada.

—Y aun así… —Acotó Zil con un ligero tono de desprecio—. Ha vivido esa vida al servicio de los placeres más bajos…

—¿Y tú Zil? —Increpó el za'taiwo— ¿Cuál es tu causa?

—Mi causa es mi misión capitán —Aseveró el azulado ser —Y mi misión es guiar a Melindai en el camino del aprendizaje del Uza k'nemtry, como también cuidar de su guardián…

—¿Guardian? —Expresaron al unísono Melindai y Pagtukod.

—Su misión capitán, está más allá de mi rango de conocimientos… mi misión es cuidarlo y mantenerlo a salvo al menos hasta que salga de aquí junto con Melindai… —Cerró súbitamente Zil guardando el silencio por algunos mi'p—. Si me disculpan… debo retirarme —Cerró dejando el lugar de manera precipitada.

—¡Espera! —Espetó Maliseche—. ¡No hemos terminado de hablar! —Gritó mientras el azulado ser desaparecía una vez más en la obscuridad del mismo modo en que había llegado allí.

Fecha de navegación estelar:

13Tlo't 3Flo't 6Clo't 9Nu'k 9Du'k 3Me'k 3Ke'k DP

Ubicación intergaláctica específica actual: Centro de
S'alharan.

Última ubicación intergaláctica conocida: Centro de
S'alharan.

—¡Esto es inútil! —Espetó Maliseche empapado en su sudor deteniendo con su mano completamente desnuda uno de los golpes de Yhaon.

—Para ser alguien que dice odiar la guerra, estas en muy buena forma —Expresó Ubabickha deteniendo el impacto del cuerpo de Yhaon quien había sido lanzado hasta ella.

—¿No crees que tal vez somos nosotros los que estamos en muy mala forma anciana? —Gruñó el jijebhaxu poniéndose de pie mientras Maliseche abandonaba la habitación.

—Tal vez él tiene razón y esto es inútil... —Murmuró la za'taiwo mientras el vapor del cuerpo de Maliseche finalmente dejaba el lugar.

—No he podido dejar de notar que ellos no parecen llevarse precisamente bien —Expresó Melindai de súbito entregando una toalla a su capitán quien sin notarlo debido al cansancio y la molestia ya se encontraba en el centro de aquel lugar, el cual gracias al constante movimiento de las Kufihtago y las Ulý parecía cada vez cobrar más vida.

—Gracias... —Murmuró Maliseche recibiendo la toalla sin detenerse —Y si... a pesar de todo Ubabickha no es especialmente partidaria de la existencia de los Pagtukod.

—Pero jamás la he visto tratarle mal a usted... —Murmuró pensativa la IA.

—Puede que eso se deba a que en parte también soy su sangre —Acotó el za'taiwo alzando los hombros —No es un tema que me tenga particularmente preocupado en estos momentos... más importante es... ¿Por qué no estas estudiando el cristal con Zil?

—Bueno... respecto a eso...

—¿Sí?

—Si estoy estudiando el Uza k'nemtry con Zil...

—Ya veo entonces eres una Ul...

—No —Cortó de inmediato la IA —Soy Melindai... recuerde... yo siempre estaré a su lado...

—Lo sé —Susurró Pagtukod acariciando la cabeza de Melindai—. ¿Y cómo van las reparaciones de la nave? Ya han pasado casi tres me'k

—Sé que su plan no contemplaba quedarse capitán... pero las reparaciones están casi listas, lo más problemático en este momento son las fuentes de poder que quedaron severamente dañadas debido al stress del viaje por el portal, puedo recrear casi todo tipo de material con el debido remplazo de materia... pero crear energía es algo un tanto complejo...

—Ya veo... —Murmuró Maliseche ingresando en su habitación.

—¿Capitán?

—¿Sí? —Murmuró nuevamente el fornido za'taiwo mientras se desprendía de su ropa de entrenamiento arrojándose así completamente desnudo en su litera.

—Durante todo este tiempo he escuchado muchos detalles e historias de la familia Pagtukod... pero hay algo que aún no se...

—¿Y eso que podría ser? —Cuestionó Maliseche mientras Melindai se recostaba a su lado.

—¿Qué fue lo que sucedió realmente con sus padres? —Susurró Melindai notando un repentino cambio en la respiración de su capitán.

—Bueno... el... cumplió con la ley... —Masculló Pagtukod.

—¿Él?

—Otec Pagtukod...

—No comprendo capitán...

—A veces puedes llegar a ser demasiado ingenua Melindai... —Susurró Maliseche guardando el silencio algunos mi'p antes de proseguir—. La historia que conozco proviene de fragmentos de lo que sucedió rescatados de más lugares de los que puedo recordar... tal vez sea cierta... tal vez no... pero lo que sí es claro... fue como comenzó... fue durante uno de los tantos enfrentamientos que llevaba a cabo la federación... existía un planeta que por alguna razón se lograba resistir... fue tanto el problema, que decidieron recurrir a una solución lo más inmediata posible... allí es cuando entra en escena el ya famoso Otec Pagtukod... que tras evaluar la situación considero que no era necesario más que un pelotón pequeño liderado por su mejor hombre... Amahan Pagtukod... y claro... este hizo un excelente trabajo desde un principio reduciendo sin problemas la resistencia enemiga... hasta que poco a poco se comenzó a encontrar con ciertos... obstáculos... algo o alguien se estaba adelantado a sus jugadas... y por alguna razón Amahan lo tomo de una manera personal, en este punto los informes de aquellos que lo acompañaban señalan que este comenzó a desaparecer esporádicamente, a veces se le veía llegar feliz y victorioso... y otras no tanto... trataron de reportar esto a Otec... sin embargo, Amahan era terco, y decidió que podía terminar el trabajo por sí mismo, hasta que finalmente un ke'k reporto que el problema se había terminado, pero que aún mantenía ciertas sospechas por lo que se quedaría en aquel lugar para asegurarse de que nada extraño sucediera... así comenzaron a pasar los ke'k donde aún se podían leer sus informes de estado de maneras regulares... luego ya comenzaron a pasar los me'k y poco a poco sus informes se comenzaron a hacer irregulares, hasta que pasado cerca de dos nu'k se recibió un último informe de él... a pesar de todo, Amahan solía entregar excelentes resultados, por lo que Otec le permitía ciertas libertades, sin embargo, debido al historial de problemas en aquel planeta, luego de algunos du'k de no recibir más informes el mismo Otec decidió ir al lugar y ver que sucedía... Ahora... para explicar que fue lo que sucedió durante ese tiempo... no existen más que historias de algunos lugareños que lograron salir de allí antes de... bueno... la llegada de Otec...

—¿Lugareños?

—Si... hable con algunos... veras... cuando la federación finalmente los anexo, obtuvieron cierta libertad de movimiento por los sistemas de transporte estándar de la misma federación, lo que les permito elegir comenzar vidas nuevas... algunos estaban en lugares bastante interesantes... y algunos para mi fortuna se encontraban en Pamalungo donde después de algo de alcohol no hubo problema en que me contaran lo que podían recordar... el relato común... decía que el pueblo no era precisamente de personas que conocieran la guerra... o supieran defenderse... por lo que decidieron hacer un intercambio de bienes por protección... y cuando necesitas protección contra las fuerzas militares... contratas asesinos... así fue como el pueblo se llenó de Thunzý'mang... más específicamente... del clan Kufihtago...

—¿Ubabickha? —Murmuró Melindai comenzando a comprender la situación.

—Si... aunque ningún poblador la menciona a ella... si mencionan a otra hembra de apellido Enjïphely... Emayïh Enjïphely... mi madre... quien sin problema alguno según el relato común solía deshacerse de los enemigos hasta que un determinado ke'k comenzó a perder las batallas...

—Amahan... —Susurró la IA.

—Si... los informes y los relatos concuerdan, fue ese el momento en que mis padres finalmente se conocieron... logrando igualarse en méritos en el campo de batalla, por un lado, un Puzarný'mang de alto nivel militar... y por otro una Thunzý'mang completamente despiadada... así comenzaron un duelo a muerte que poco a poco se volvió algo más... el encontrar a su par en el campo de batalla fue algo que tal vez jamás esperaron... y por alguna razón comenzaron a cambiar... Amahan ya no era un peligro para los pobladores, y Emayïh ya no estaba dispuesta a acabar con alguien que había dejado de representar una amenaza, juntos lograron llegar a un acuerdo favorable y así terminar el conflicto, es allí donde ellos deciden romper el tabú... y tras un periodo de tiempo indeterminado pues... comenzaron una familia en ese lugar... en este punto muchos de los pobladores ya se habían ido, y los informes escasean... excepto por aquel posterior al incidente... que muestra claros indicios de la presencia de uno o más Insyh'nek...

—¿Insyh'nek?

—Oh... bueno... para entender el concepto del Insyh'nek debes entender que cada clase de mang tiene sus propias formas de lidiar con sus elementos... por su parte los Puzarný'mang suelen ser bastante temperamentales... pero a su vez compensan sus problemas de ira con mucha diciplina... razón por la que son entrenados desde el principio como militares, sin embargo, el fuego puede llegar muchas veces a ser algo incontrolable... aquí es donde una... técnica... entra en juego... el Kalag wa pozärú... un movimiento de extremo riesgo, donde expones tu propia existencia ante el alma de las llamas... si es bien implementado puedes llegar a controlar masas colosales de fuego de manera perfecta... pero si no tienes ni la suficiente disciplina o poder... las llamas te consumen... comienzas a arder... y el mismo poder colosal que mencione... fluye por ti... pero acaba con tu vida... muchos soldados suelen inmolarse durante la guerra creyendo que podrán dominar el Kalag wa pozärú... pero muy pocos realmente logran salir vivos de eso... y de los pocos que sobreviven... la mayoría se vuelve lo que se suele llamar... Insyh'nek... seres incontrolables que pierden la cordura y arden con intensidad pero a su vez volviéndose torpes y fáciles de erradicar... dicen los mitos la familia Pagtukod obtuvo su fama y poder al ser los primeros en controlar el Kalag wa pozärú teniendo una forma única y especial de usarla pasada de generación en generación... algo que claro... solo conozco como eso... un mito...

—Ya veo... —Susurró Melindai tratando de ocultar su excitación por aquel momento de aprendizaje junto a su capitán— Entonces... ¿Otec?

—No se sabe realmente quien pudo ser... el informe muestra una lucha desmesurara, algo que solo un Insyh'nek dejaría... sin embargo... los cuerpos de Otec y los de mis padres jamás fueron encontrados... presuntamente incinerados hasta solo quedar cenizas... No es claro cómo o en qué momento termine con los Gahum... pero tal vez ahora entiendas porque Ubabi no es particularmente alguien que se pueda sentir cómoda cerca de un Pagtukod...

—Especialmente de uno que fue entrenado por el mismo Otec... —Acotó la IA.

—Efectivamente Melindai... —Murmuró Maliseche—. Y como ya te podrás dar cuenta... este no es un tema especialmente agradable para nadie...

—Pues entonces podemos olvidarnos de eso...
—Murmuró Melindai pecaminosa—. Y hacer las
cosas... más agradables —Cerró envolviendo
suavemente con caricias de sus cabellos el cuerpo de
su capitán quien podía ver con placer como sus ropas
desaparecían poco a poco rebelando su esbelto y
curvilíneo cuerpo, aquel cuerpo del que sin darse
cuenta llevaba apartado más tiempo del que le parecía
adecuado.

—Tal vez tienes razón —Expresó con placer
Pagtukod mientras tomaba el rostro de aquel ser y lo
besaba con una inesperada delicadeza que llevo a
Melindai a recordar con tristeza la soledad y la
presión que este debió experimentar a través de los
nu'k—. Por alguna extraña razón —Acotó apartando
ligeramente su rostro de su compañera—.
Compadezco a todos aquellos allí fuera por no poder
tener este pequeño instante de relajo y placer que
gracias a ti puedo llegar a tener... sin embargo... por
alguna aún más extraña razón... no deseo compartirte
con nadie...

—Tal vez... —Prosiguió Melindai alzando sus
manos mientras sus dedos se desprendían de estas
saliendo a toda velocidad de aquel lugar al tiempo que
regeneraba nuevos —Eso sea lo más bello que me ha
dicho desde que me trajo a este mundo... —Cerró
respondiendo el beso de su capitán mientas

comenzaba a masturbar su imponente miembro con la misma intensidad creciente de aquel beso que por unos instantes pareció ser infinito para ambos hasta que el za'taiwo finalmente comenzó a sentir el reconocible calor de ciertos fluidos acompañados de la suave textura de una cálida lengua sobre el glande de su pene el cual Melindai parecía no estar dispuesta a soltar como tampoco estaba dispuesta a terminar aquel beso el cual poco a poco se tornó en suaves mordidas que comenzaron a recorrer el cuerpo del fornido macho mientras este apreciaba como aquel ser era ahora acompañado por dos réplicas de pelo obscuro, comprendiendo de inmediato, que solo existía una Melindai.

—Siempre a mi lado… —Susurró Pagtukod acariciando el rostro de Melindai quien ahora junto a dos replicas se encontraba lamiendo su verga, escroto y ano respectivamente notando que, a pesar del cambio de color de sus largas cabelleras, estas parecían estar parcialmente unidas.

— Y si lo desea… —Murmuró una cuarta replica sobre su cabeza que con la misma sutileza de sus palabras acomodo su abultado trasero sobre el rostro de Maliseche el cual no perdió tiempo en comenzar a lamer sus labios mientras introducía tantos dedos como pudiera por su estrecha vagina así como también introducía el dedo gordo de su otra mano por su igualmente estrecho ano desprendiendo un intenso gemido de aquella replica la cual prosiguió hablando— Y... si... lo desea... —Expresaba con intensidad entre agobiantes gemidos que aumentaban cada vez más—. También... estaré... encima... abajo... atrás...

—Donde usted lo desee capitán —Pudo escuchar Maliseche al unísono de las cuatro féminas las cuales parecían compartir simultáneamente aquel placer entregado y recibido que nunca dejaba de ser bienvenido sintiendo como las seis manos de aquellos seres entre sus piernas recorrían todo su cuerpo con sutiles caricias en los puntos exactos provocando un intenso palpitar en el miembro del za'taiwo el cual suavemente comenzó a experimentar un placer inimaginable por el que no pudo contener más su excitación explotando en el orgasmo más intenso que podía recordar, eyaculando todos sus fluidos los cuales salieron expulsados con tal intensidad y cantidad que al caer lleno el rostro de aquellas féminas entre sus piernas que esperaban ansiosas sentir la cálida secreción blanquecina en sus rostros, el cual una vez había empapado sus semblantes, comenzaron a lamer las unas a las otras sin dejar de acariciar el cuerpo de su capitán con una mano y sus vulvas con la otra humedeciendo con sus propios fluidos el cuerpo de aquel que solo podía incrementar la intensidad con la que acariciaba aquellos labios sobre su rostro intensificando los gemidos de la réplica sobre quien solo se limitaba a acariciar con gracia sus pechos con una mano y la cabellera de Pagtukod con la otra.

—Veo que se divierten —Se pudo escuchar inesperadamente en la habitación con la reconocible voz de una Kufihtago quien también fuera la mano derecha de Ubabickha—. Supongo que seguir la extraña mano flotante fue una buena idea después de todo —Prosiguió mientras la réplica sobre el rostro de Maliseche se levantaba suavemente permitiéndole recobrar el aliento por un par de mi'p mientras apreciaba como la Kufihtago se desprendía de sus ropas ante la expectante mirada de del fornido za'taiwo—. Espero... —Murmuró súbitamente ante la intensa mirada de Pagtukod quien apreciaba con apetito las marcas de una vida difícil sobre el cuerpo de aquella fémina—. Que no les moleste si me uno...

—El placer es nuestro... —Contestó el za'taiwo masajeando sus mejillas—. Y dime... ¿Ya tienes donde sentarte? —Acotó pecaminoso.

—Tal parece que si... —Murmuró la fémina acercándose al rostro de Pagtukod mientras un nuevo par de Kufihtago ingresaban en la habitación absortas de lo que allí sucedía—. Adelante hermanas —Inquirió quien fuera la mano derecha mientras tomaba asiento sobre el rostro del za'taiwo quien recibió aquel nuevo y perfecto trasero acariciándolo mientras separaba sus nalgas para obtener una mejor perspectiva de su nuevo aperitivo—. Hay bastante lugar donde poder sentarse… —Cerró la Kufihtago Apuntando el imponente miembro de aquel sin dudarlo con una mano ya había introducido un par de dedos por el ano de la fémina y con la otra acariciaba sus pequeños senos.

—Definitivamente es un buen asiento… —Murmuró una mordiendo su labio mientras tomaba la mano de su compañera—. Pero es uno solo… —Cerró mientras una Ulý se acercaba imponente ante ellas.

—No se preocupen… —Susurró mientras una réplica del miembro viril de Pagtukod crecía entre sus piernas—. Pueden sentarse donde gusten… —Cerró desnudando a una de las Kufihtago mientras la otra comenzaba a besar y lamer sus perfectos senos acariciando simultáneamente aquel imponente falo.

—Bueno… —Murmuró una cuarta Kufihtago que ingresaba al lugar —Eso es algo que definitivamente no se ve muy seguido—. Acotó intrigada —¿Hay espacio para una más?

—Hay espacio para todas… —Susurró en su oído una Ulý a sus espaldas acompañada de otras cinco Ulýs todas con cabellos de diferentes colores y siete Kufihtago que al ver la escena comenzaron a reír sin comprender mucho lo que allí sucedía, pero tampoco importándoles, acompañando así a aquellas nuevas Ulýs que no tardaron en hacer desaparecer sus ropas y ayudar al resto de las féminas a desprenderse de las suyas comenzando de este modo una improvisada orgía que poco a poco ya no cabía en aquella habitación donde las Ulýs cumplían todo tipo de fantasías sexuales a las Kufihtago que no dejaban de llegar al lugar acompañadas de más Ulýs de diferentes cabelleras, inesperadamente el cumulo de seres había abarcado más espacio del que podrían consentir, y ahora casi todos los seres que allí habitaban se encontraban envueltos en placer experimentando todo tipo de fantasías que el mutable cuerpo de Melindai y sus Ulýs podían realizar, finalmente y solo por aquellos tri'c de inmenso placer, las preocupaciones de una inminente guerra desaparecían, al tiempo que los cabellos purpuras de Melindai, no se alejaban de su capitán, que finalmente después de tanto tiempo, expresaba algo más que amargura.

Fecha de navegación estelar:

13Tlo'␣t 3Flo'␣t 6Clo'␣t 9Nu'␣k 10Du'␣k 3Me'␣k 5Ke'␣k DP

Ubicación intergaláctica específica actual: Centro de

S'alharan.

Última ubicación intergaláctica conocida: Centro de

S'alharan.

—Entonces... —Susurró Maliseche confundido—. ¿Es realmente primera vez que ven esto?

—Sabemos que nuestra vista no es la mejor —Contestó Jatriek incomodo—. Pero Llevamos bastantes nu'k aquí abajo y creo que me habría percatado si algo como esto estuviera aquí antes...

—Creo que todos lo habríamos visto —Acotó Yhaon—. Incluso Zil y Melindai que llevan ya casi dos du'k aquí abajo estudiando ese cristal podrían haberlo visto antes...

—Pero no lo hicimos... —Prosiguió Zil—. Lo que solo puede sugerir que es algo nuevo.

—Claramente es nuevo... —Gruñó Maliseche—. Por algo estamos todos aquí...

—Tal vez ustedes lo hicieron... —Inquirió Ubabickha.

—¿Nosotros? —Interrogó Zil apreciando a una introspectiva Melindai—. Me parece…

—No… —Cortó Melindai—. Zil me ha enseñado mucho sobre el Uza k'nemtry… aprender como leerlo ha sido uno de los desafíos más complejos de mi existencia… he llegado a reconstruir mi cerebro docenas de veces con el fin de ver más allá de lo que cualquiera podría ver… y aun cuando solo he rasgado el entendimiento de su lenguaje… saber lo que dice… es algo que solo los mismos titán es podrían enseñarme… o al menos… eso dice Zil…

—Efectivamente Melindai —Prosiguió le azulado ser—. Como ya has aprendido en el pasado, la frecuencia de lenguaje mismo del Uza k'nemtry está más allá de lo que los seres actuales pueden tolerar… por lo que, aunque que ella quisiera —Expresó con calma hacia los demás —Si llegara a decir las palabras indicadas, fueran cuales fueran… créanme cuando les digo… los primeros en enterarse habrían sido todos ustedes…

—Si… —Murmuró Maliseche acercándose—. Lo recuerdo… sin embargo… Anselý parecía tolerarlo…

—La princesa Anselý como ya debería saber capitán, es un ser mucho más allá de vuestra comprensión…

—Sí, sí… —Gruño Pagtukod acercando sus oídos—. Con todo lo que nos has dicho de ella durante este tiempo, cualquiera podría pensar que la admiras…

—Pues…

—Espera… —Cortó nuevamente Maliseche— Esa vez… recuerdo que… el titán… no parecía más que un gigantesco monumento… pero… estaba vivo…

—¿Cuál es tu punto? —Inquirió Ubabickha.

—¿No se supone que el planeta en el que estamos es básicamente la materia prima con la que se construyeron los titanes?

—Efectivamente capitán…

—Y de algún modo se supone que ese cristal tiene algo que ver con su creación ¿no?

—Cierto también…

—Tal vez lo que diré pueda ser una locura absoluta… ¿Pero nadie ha considerado la posibilidad de que el planeta completo tenga… vida?

—¡¿Vida?! —Increpó confundido Yhaon.

—Si… —Prosiguió Maliseche—. Piénsenlo… tal vez lo titanes solo son una forma de representar la existencia viva de este planeta… ya sabemos por eventos del pasado que el Uza k'nemtry parece tener propiedades energéticas… podría ser posible que mientras más tiempo pase el cristal en este lugar… ¿el planeta completo comienza a despertar? Además… ¿Soy al único que le parecían extraños todos estos titanes dispuestos aquí en esta extraña posición?

—Pero… —Murmuró Melindai —Yo… aun no entiendo como lo hice funcionar en el pasado…

—Tal vez el capitán Maliseche tenga razón —Prosiguió Zil —Es cierto que en el pasado el Uza k'nemtry se ha usado como fuente de energía... sin embargo... eso esta fuera del rango de conocimientos que me fueron otorgados sobre el...

—Entonces es una posibilidad... —Inquirió Ubabickha.

—Efectivamente —Contestó Zil meditabundo.

—¿Existe la posibilidad de que esta energía nos afecte de alguna manera? —Prosiguió la anciana.

—No tengo forma de saberlo sin realizar algunos análisis...

—Sí, sí —Cortó Maliseche—. Dejen eso para después... ahora debemos concentrarnos en esto...

—¿Y si el planeta ha dejado esto aquí para nosotros? —Acotó inesperadamente Zelika captando la atención de los presentes.

—Pues si es para nosotros... —Murmuró Maliseche—. No lo sé... pero creo que hay solo una manera de saberlo... —Cerró arremetiendo finalmente contra aquella extraña e impoluta trampilla sin ningún resultado.

—Tal vez... —Murmuró Zil apreciando a Melindai —Si este aquí por alguien...

—Supongo que vale la pena intentar —Masculló Maliseche alzando los hombros invitando con un ligero gesto a Melindai que intentara abrir aquella trampilla.

—Supongo que vale la pena —Susurró Melindai tomando posición sobre aquella extraña trampilla abriéndola de manera casi inmediata y sin problema alguno.

—Estoy oficialmente muy confundido —Acotó Yhaon luego de varios mi'p de absoluto silencio de todos los presentes.

—Bueno… ¿y que estamos esperando? —Prosiguió Maliseche tratando de vislumbrar que había en su interior.

—Tal vez sea prudente…

—¡Prudente nada! —Cortó el fornido za'taiwo—. Adelante Melindai… esto estaba aquí por ti… ¡guíanos!

—¡Si capitán! —Espeto la IA alzando su brazo y desprendiendo su mano la cual poco a poco se transformó en un pequeño faro que ilumino lo que a simple vista eran unas largas escaleras, comenzando a descenderlas lentamente seguida de todos los presentes.

—Maliseche… —Susurró Yhaon mientras descendían.

—¿Sí?

—¿No crees que fue una decisión demasiado abrupta simplemente bajar?

—Yo no le pedí a nadie excepto a Melindai que lo hiciera… si ustedes están aquí es su decisión… a diferencia mía… que estoy atrapado aquí… —Gruñó Maliseche.

—Vamos Maliseche… —Prosiguió Yhaon en el fondo sabes que esto es lo correcto…

—Es algo que sigues repitiendo como si trataras de convencer a alguien…

—Tal vez sea hijo de Otec… —Continuo Yhaon—. Y ayudado por él claro… siendo un simple soldado de bajo rango forje a través de los nu'k una buena reputación… sin embargo, tu naciste siendo un Verdadero Pagtukod, el ultimo descendiente de tan prestigiosa casa, a la edad que yo viví mi primera batalla donde apenas salí vivo… tú ya tenías tu propio pelotón… allí arriba hay más soldados que responden ante ti de lo que crees…

—Sí, sí —Cortó Maliseche viendo luz provenir de lo que parecía el final del camino—. Ahórrame el sermón para otra ocasión…

—Esta guerra necesita lideres Maliseche… —Susurró finalmente Yhaon antes de ingresar a una pequeña habitación redonda con un extraño grabado por todo el lugar y lo que parecía un altar en su centro.

—Esto definitivamente es algo… —Acotó confundida Ubabickha luego de unos mi'p de ingresar aquella habitación tratando de buscar algún patrón en el extraño grabado.

—Esto… —Susurró atónito Zil.

—¿Algo que compartir con el grupo? —Inquirió Maliseche atento a las acciones del azulado ser.

—Pues… ¿Melindai?

—Todo aquí... —Murmuró Melindai tan confundida como emocionada—. Es lo que podríamos interpretar como una palabra...

—¿Una palabra? —Interrogó Ubabickha.

—Si... —Prosiguió Zil—. Como ya les hemos contado, el lenguaje del cristal tiene una complejidad abismal... y todo lo que ven a su alrededor se podría interpretar como la representación gráfica más rudimentaria posible de una sola palabra.

—¿Y qué dice? —Interrogó nuevamente Ubabickha.

—Pues... —Murmuró el azulado ser —No lo sé... ¿Melindai?

—En lenguas común... no tengo la menor idea realmente... pero he escaneado el lugar completo... y si bien como ya les dije... no sé lo que dice... sí creo poder leerlo...

—Pues... adelante —Espetó Maliseche alzando sus manos—. Ya estamos aquí... aunque... si alguien quiere retirarse... este es el momento apropiado —Cerró con su mirada fija en Yhaon.

—Pues... aquí va... —Murmuró Melindai temerosa— Uhulaina... —Susurró provocando un intenso malestar en todos los presentes excepto Zil al tiempo que los grabados de aquella extraña habitación comenzaban a brillar desapareciendo poco a poco mientras lo que en un principio parecía un altar comenzaba a deshacerse revelando la inesperada figura de lo que parecía un pequeño titán, siendo incluso no más alto que ella recostado allí tan inerte como todos los demás.

—Está bien —Expresó inesperadamente Ubabickha tras unos largos mi'p de silencio absoluto—. Oficialmente no comprendo nada de lo que sucede… ¿Zil?

—Esto está más allá de mi rango de conocimientos… —Contestó impávido el azulado ser.

—¿Melindai? —Cuestionó Maliseche viendo como esta se acercaba lentamente al pequeño titán.

—Es… —Murmuró posando una mano sobre el pequeño titan mientras desprendía de su pecho el Uza k'nemtry—. Un regalo…

—¿Un regalo? —Increpó Zil.

—No puedo explicarlo realmente —Prosiguió la ginoide tocando la cabeza del pequeño titán con la punta del cristal—. Pero creo que es eso lo que él es… —Cerró guardando el Uza k'nemtry mientras se levantaba.

—¿Y qué haremos con él? —Interrogo Maliseche.

—Tal vez lo más adecuado sea estudiarlo —Contestó Zil—. Pero no creo que tengamos aquí el equipo necesario…

—Tal vez en la nave tengamos algo…

—¿En su nave capitán?

—Si… la última vez que vi a Walay-gahum me lleve tantas armas como tecnología pude… y luego el profesor Saito se encargó también de hacerle unas pequeñas mejoras, hay mucho allí que aún no he tenido el tiempo de explorar... ni el conocimiento tampoco... así que tal vez sea lo mejor llevarlo ahí...

—Concuerdo —Apoyó Ubabickha—. Algunas de mis subordinadas que ayudaron en la reparación de la nave se encontraron con tecnología más allá de nuestro rango de entendimiento, incluso los reportes de algunas Ulýs dicen que aún se encuentran comprendiendo algunas de las nuevas funciones que el profesor Saito ingreso en la nave.

—Entonces tal vez sea lo más sensato... —Prosiguió Zil— Sin embargo… queda el problema de su transporte…

—Las Ulýs estuvieron trabajando en un sistema de protoportales pequeños para transportar materiales desde aquí a la superficie y viceversa —Acotó Melindai.

—¡Problema resuelto entonces! —Exclamó Yhaon alzando sus manos—. Iré por algunas Ulýs...

—No hay necesidad —Interrumpió Melindai alzando su mano y desprendiendo de ella algunos dedos que inmediatamente salieron de la habitación—. De este modo es más rápido... de todas maneras no creo que sea bueno que todos estén aquí cuando el proportal se active... como saben son algo... inestables...

—Entonces nos retiramos… —Sentenció Ubabickha—. No hay necesidad de seguir aquí, y cualquier descubrimiento contamos con ser debidamente informados —Cerró la anciana retirándose del lugar junto a los demás.

—Así será —Contestó Zil acompañándolos —Estaré en su nave capitán—. Prosiguió —Creo que sería bueno dar un vistazo a lo que hay allí.

—Sí, sí... adelante... —Murmuró Maliseche siendo interrumpido por un susurro de Melindai antes de dejar la habitación.

—Capitán...

—¿Sí?

—Tal vez sería apropiado si también vamos a la nave...

—Puede que sea una buena idea... después de todo... es mi nave —Cerró alzando los hombros entre risas sin sentido mientras los dedos de Melindai volvían adhiriéndose a ella nuevamente.

—Las Ulýs bajaran en cuando los demás despejen el camino capitán.

—Está bien... sin embargo... me queda una duda... ¿no se supone que los generadores están dañados?

—Efectivamente capitán, aun trabajamos para tenerlos estables, por ahora tenemos suficiente energía para activar la nave, no así para hacerla despegar.

—Comprendo... —Murmuró el fornido za'taiwo mientras un par de réplicas de Melindai con el cabello de colores distintos ingresaban en la habitación con una esfera no mayor al tamaño de su cabeza al tiempo que la ginoide adoptaba una forma bestial acercándose hasta Maliseche ofreciendo su lomo para ser montada, saliendo así ágilmente del lugar mientras sentían en su retaguardia el calor emitido por el protoportal.

Fecha de navegación estelar:

13Tlo'␣t 3Flo'␣t 6Clo'␣t 9Nu'␣k 10Du'␣k 3Me'␣k 5Ke'␣k DP

Ubicación intergaláctica específica actual: superficie

de S'alharan.

Última ubicación intergaláctica conocida: Centro de

S'alharan.

—Realmente has realizado muchas mejoras en la Varlata Melindai... —Acotó Maliseche terminando de recorrer la nave.

—Ha sido una labor interesante capitán —Se escuchó resonar por los pasillos.

—Es interesante como has logrado hacer de la nave una extensión de ti...

—Creo que es lo más adecuado capitán, después de todo, originalmente era así...

—Tienes razón... ¿Y cómo va lo del pequeño titán?

—Hemos realizado un progreso interesante capitán, sin embargo, no estamos seguros de nada aún.

—Bien... volveré abajo —Cerró Maliseche a punto de descender la nave al tiempo que veía como de una de las paredes una extraña distorsión de esta poco a poco se transformaba en Melindai.

—¿Le molesta si lo acompaño capitán?

—Es un viaje largo... y tu compañía siempre es bienvenida Melindai —Acotó Pagtukod mientras la ginoide tomaba una forma bestial y era montada por el za'taiwo avanzando con calma por el extraño y desolado planeta.

—He buscado información de este planeta en la base de datos capitán... —Acotó Melindai tras algunos tri'c de tranquilo recorrido.

—¿Y qué has averiguado? —Inquirió Maliseche.

—No más de lo que ya sabemos... mucha de la información sobre este lugar es clasificada, y aun cuando logro cifrar esta información, no hay mucho más además de órdenes de excavación o comer... —Cerró súbitamente girando hacia la nave.

—¿Qué sucede Melindai? —Increpó de inmediato el za'taiwo mientras la ginoide comenzaba a regurgitar lo que parecían tres pequeñas bolas de pelo que rápidamente adquirieron forma de cuadrúpedos que sin perder tiempo comenzaron a correr en diferentes direcciones.

—Algo no está bien capitán... la interferencia... es como si... algo tratara de irrumpirla...

—¿Algo?

—Puede que no sea nada... pero según la información entregada, la flota sobre nosotros tiene orden de no interferir con el planeta, sin embargo, en caso de existir algún problema deben enviar una señal a un centro de comunicaciones que Yhaon suele revisar cada ke'k, hasta ahora esto no ha sucedido y mi sospecha es que en caso de suceder... esto podría llegar a percibirse a través de la interferencia.

—Una interferencia que hasta ahora solo te afecta a ti principalmente ¿no?

—Efectivamente capitán... sin embargo... —Cerró alzando su cabeza mientras una docena de destellos en el cielo comenzaban a aparecer.

—Oh no... —Susurró Maliseche activando su casco mientras Melindai comenzaba a galopar a toda velocidad de regreso a la nave— ¿Puedes ver bien qué es eso Melindai?

—Parece la llegada de una flota capitán.

—Yhaon dijo que en caso de necesidad existían más flotas cercanas que vendrían a este lugar...

—Efectivamente capitán... sin embargo...

—Si están aquí...

—Ella también lo está... —Gruñó Melindai llegando hasta la nave al tiempo que varias de sus réplicas salían junto a Zil y las Kufihtago que aún quedaban a bordo de la Varlata.

—Zil, ¿Sabes que está sucediendo? —Lo desconozco capitán, pero lo que sea que sucede allí arriba no es bueno... —Logro decir el azulado ser al tiempo que diversas explosiones resonaron en el cielo junto a extraños objetos que comenzaron a atravesar la atmósfera.

—¡Melindai!

—¡Estoy en ello capitán! —Gruñó la ginoide tomando su forma de combate al tiempo que comenzaba a gritar ordenes— ¡Formen parejas! ¡Cada Ulý ira con una Kufihtago Thunzý'mang! ¡Su misión es recopilar información y nada más que información!

—¡Parj! —Se escuchó al unísono mientras las Ulýs adoptaban formas cuadrúpedas y eran montadas por las Kufihtago partiendo de inmediato.

—Necesitamos informar lo que está sucediendo a los demás.

—Ya me encargué de eso capitán.

—¿Cómo?

—Uno de los pequeños exploradores que envié fue de manera directa abajo, otro vino a la nave y debió usar un protoportal para ir allí también.

—Efectivamente Melindai —Acotó Zil—. Una pequeña replica llego, y se dividió, una nos informó a nosotros, la otra utilizo un protoportal.

—¿Qué sucedió con la tercera bola de pelos?

—Fue al centro de comunicaciones…

—Bien… sabemos poco, pero sabíamos que esto podía suceder… sin embargo, estamos atrapados aquí…

—No del todo capitán —Acotó Zil.

—¡Habla! —Espetó Maliseche.

—Para este tipo de situaciones, Yhaon guardaba una nave…

—Sabia que debía tener alguna escondida… —Refunfuño el za'taiwo entre dientes.

—Tranquilo capitán, aunque lo hubiera revelado no habría sido de ayuda para usted, es una nave pequeña que evita los radares, solo sirve para salir de aquí en caso de necesidad… no contábamos con que Ubabickha vendría con todo su clan… —Logró informar el azulado ser mientras el calor de tres esferas de transporte se condensaba en la cercanía.

—¿Qué tenemos? —Increpó Ubabickha algo desorientada apareciendo desde una de las esferas.

—Hasta el momento nada ¿Dónde está Yhaon?

—Él se transportó junto a Jatriek y Zelica al centro de comunicaciones… —Logró decir la anciana mientras una cálida brisa golpeaba con intensidad al tiempo que la imponente imagen de una gigantesca llamarada iluminaba el cielo.

—¡¿Yhaon?! —Increpó Maliseche.

—No —Contestó de inmediato Melindai—. El centro de comunicaciones está en otra dirección…

—Ubabickha… la última vez que luchamos contra Anselý… ¿Ella tenía algún Puzarný'mang entre sus filas?

—No que pudiéramos registrar... —Murmuró la anciana sintiendo una nueva emanación de calor producto de una nueva esfera de transporte.

—¡Tenemos serios problemas! —Espetó Yhaon recobrando el aire ayudado por Jetriek y Zelika quienes sufrían por primera vez los efectos de la prototransportación.

—De eso nos podemos dar cuenta —Gruñó Maliseche— ¿Qué más tienes?

—Todo el planeta ha sido comprometido, alguien nos ha traicionado y cierta información se ha filtrado, según lo que saben no fue mucho, excepto lo más importante... que tu estas aquí por lo que la federación ha decidido atacar el planeta completo...

—Vienen por el Uza k'nemtry —Acotó Melindai.

—Es lo que suponemos... sin embargo... esos que están atacando ahora no son de la federación...

—¿Anselý?

—Si...

—Debemos salir de aquí —Inquirió Ubabickha.

—Eso me encantaría —Espetó Maliseche—. Pero como bien sabes estamos estancados aquí hace bastante —Cerró señalando su nave.

—Los nuestros enviaran una nave para sacarnos a todos de aquí, pero no descenderá hasta que los refuerzos lleguen...

—Supongo que eso nos da tiempo suficiente de reunir a todos aquí.

—Las que no subieron conmigo vienen lo más rápido posible sobre las Ulýs.

—Bien, aguantaremos aquí, la nave podrá soportar lo suficiente con las mejoras de Melindai, Yhaon.

—¿Sí?

—¿Cuánto tardaran los refuerzos en llegar?

—No estamos seguros, vendrán encubiertos con el resto de naves de la federación, por lo que están esperando esas órdenes.

—¿Cuál es el plan?

—Debemos resistir, en el momento que ellos lleguen, enviaran la nave a por nosotros junto con las demás naves que se supone bajaran a realizar el ataque, sin embargo, la mayoría son aliados nuestros por lo que nos cubrirán, una vez nos recojan, los nuestros saldrán de aquí y dejaran este enfrentamiento a la federación...

—Será una masacre para ellos... —Acotó Ubabickha.

—Ustedes querían una guerra... —Gruñó Maliseche subiendo a su nave acompañado de Melindai—. Pues la obtuvieron...

—¿A dónde vas Maliseche? —Inquirió la anciana.

—A prepararme... y les recomiendo hacer lo mismo —Cerró mientras una nueva onda de calor llegaba al lugar acompañado de una nueva llamara de monumentales proporciones que se apreciaba cada vez más cerca.

—Algo no está bien... —Murmuró Yhaon tras ver las llamas subiendo apresurado a la nave— ¡Maliseche!

—¿Qué quieres? —Masculló el fornido capitán.

—Esas llamas...

—Lo sé... —Murmuró el za'taiwo incomodo—. No son normales... puede que fuera un grupo de Puzarný'mang mercenarios... o algunos locos que simplemente se le unieron... pero sea lo que sea...

—Están usando el Kalag wa pozärú...

—Y ambos sabemos que significa eso...

—¿Insyh'nek? —Inquirió Melindai.

—Si... y ya van dos...

—Deben ser la fuerza de choque...

—Si... en el depósito hay minas refrigerantes, necesitamos armar un perímetro con ellas.

—Eso no los detendrá —Murmuró Yhaon incómodo.

—Lo sé... pero nos compra algo de tiempo... prepárate para luchar... advierte a las Kufihtago de la situación.

—Parj... —Masculló Molesto el jijebhaxu.

—Capitán...

—Melindai, necesito que algunas Ulýs bajen por esas minas y fijen el perímetro.

—¡Si capitán! —Espetó la ginoide dividiéndose y enviando así a sus nuevas replicas por las minas.

—¡Capitán! —Increpó una Kufihtago ingresando al lugar

—¿Qué sucede ahora?

—las exploradoras han vuelto, Uma'derkiis y Yhaon han ingresado a la nave y le esperan en la sala de reuniones.

—Siento que esto no va a mejorar... —Gruñó el za'taiwo cambiando su rumbo de inmediato a la sala de reuniones junto a Melindai— ¿Qué sucede? —Inquirió al llegar al lugar.

—Las sospechas son correctas —Contestó Yhaon—. Son un grupo de doce, al menos diez de ellos son Puzarný'mang y ya dos de ellos han usado el Kalag wa pozärú, al parecer conocen nuestra ubicación y vienen en camino...

—¿Cuánto nos queda?

—De veinte a treinta ti'p según los cálculos de las Ulý.

—¿Qué hay de las Kufihtago que aún no llegan?

—Vienen por rutas diferentes al enemigo... pero según los cálculos también deberían estar aquí aproximadamente en el mismo tiempo...

—Entonces somos solo nosotros contra diez Puzarný'mang dispuestos a usar de la peor manera el Kalag wa pozärú... ¿Algo más?

—Si…

—Supongo que no son buenas noticias… —Masculló Maliseche entre dientes.

—Según las exploradoras, el grupo viene liderado por un ser, en un comienzo pensaron que podría ser un Insyh'nek, sin embargo, dicen que, si bien tenía características de tener un cuerpo carbonizado y encendido, este a diferencia de los demás, no solo se mantenía en completa calma… sino también podía mantener a raya a los demás…

—¿Alguna idea?

—Algunas… pero ninguna tiene mucha lógica.

—La lógica ya no es algo de lo que podamos darnos el lujo —Acotó Ubabickha.

—Ustedes deben saber esto —Prosiguió Yhaon—. Existen mitos sobre algunos que tras usar el Kalag wa pozärú no perdían la cordura.

—Y mantenían su poder a costa de acortar su vida… si… ¿Qué más tienes?

—Puede que sea un Jok'hor

—¿Jok'hor? —Cuestionó la anciana.

—Seres de segunda categoría provenientes de Jok'hora, un planeta volcánico en su mayoría —Acotó Melindai.

—Veo que aquí eres más perspicaz… —Susurró la za'taiwo señalando la nave.

—De todos modos, eso no es posible, los Jok'hor no son estables mucho tiempo lejos de su planeta, requieren nutrir su cuerpo constantemente, aunque fuera uno, no vendría con calma hasta acá... —Logró decir Maliseche al tiempo que eran fuertemente sacudidos.

—¿Decías? —Murmuró Yhaon mientras los cuatro salían de la habitación.

—¡Informe! —Gritó Maliseche bajando de la nave.

—Llegaron antes de lo esperado capitán —Contestó de inmediato una Ulý.

—¿El impacto?

—Fue solo la onda de otro de ellos.

—Entonces ya tenemos tres Insyh'nek —Acotó Yhaon.

—Melindai... —Murmuró Maliseche.

—¿Si capitán?

—¿Están listas las Ulý?

—Si capitán...

—Bien... ellas serán nuestra fuerza defensa principal, si alguno pasa, nosotros defenderemos, Ubabi...

—¿Sí?

—Las Kufihtago son asesinas... no soldados, ellas deberán cubrir en lo que puedan, pero serán nuestra última línea de defensa...

—Parj....

—Yhaon.

—¿Sí?

—Jatriek se quedará con nosotros, Zelika se quedará aquí atrás haciendo lo que sabe hacer mejor.

—Parj…

—Melindai… tú debes quedarte aquí con el cristal, protégelo a toda costa.

—Sí capitán.

—Recuerden… ellos quieren el cristal, no debemos dejar que lo obtengan… ¡¿Están listos?! —Gritó finalmente Maliseche con euforia.

—¡Parj! —Se escuchó resonar en la nave.

—Bien…

—¡Capitán! —Interrumpió una Ulý

—¿Sí?

—Se acerca uno… pero viene solo.

—¿Uno?

—Si, el que parece ser el líder, y viene con las manos en alto.

—Bien… iré…

—No —Cortó Yhaon—. No debes exponerte innecesariamente… si quieren hablar… iré yo.

—Iré contigo —Acotó Ubabickha.

—No, Jatriek me cubrirá la espalda… si nos ataca… podremos salir de ahí de mejor manera que ustedes, este es nuestro elemento.

—Está bien…

—Y Maliseche…

—¿Sí?

—Pase lo que pase… apenas puedan, tú y Melindai deben marcharse y… tal vez estés cansado de que lo intente… pero solo recuerda esto… has vivido tu vida siendo el soldado de alguien más, el lacayo de alguien más, mira a tu alrededor… esto es lo que eres… un líder… ¿No crees que ya es tiempo de tomar al destino por el cuello? —Cerró apreciando la atónita cara de su sobrino sorprendido por aquella pregunta final.

—¿Dónde…

—¡Capitán! —Interrumpió nuevamente la Ulý—. El enemigo está llegando al límite del perímetro.

—¡Adelante Yhaon! —Sentenció entonces Maliseche con una fuerte palmada en la espalda de quien fuera su tío mientras este comenzaba a descender de la nave, hasta finalmente visualizar a su enemigo quedando completamente congelado inundado por un miedo más allá de la comprensión.

—Otec… —Susurró adaptando posición de combate.

—¡¿Qué?! —Se escuchó de la boca de Ubabickha y Malische quienes sin dudarlo descendieron de manera inmediata junto a Melindai para apreciar la figura de un desgastado pero imponente ser cubierto con nada más que una semicarbonizada túnica rodeado de llamas que parecían envolver su cuerpo y su calva cabeza como si de una corona y alas se tratara.

—¡Supongo entonces que el rumor era cierto! —Gritó el anciano —Y finalmente mis dos hijos terminaron siendo unos asquerosos desertores...

—¡¿Qué quieres?! —Gritó Yhaon temeroso tratando de no titubear— ¡¿Qué haces aquí?!

—Supongo que los años te han vuelto insolente Yhaon... —Gritó Otec nuevamente esta vez alzando una mano al tiempo que uno de los acompañantes a su espalda utilizaba el Kalag wa pozärú generando una nueva y gigantesca llamara que desprendió de manera inmediata una nueva y más intensa ola de calor— ¡Vengo por el cristal! Si me lo entregas sufrirás un mejor destino que tu hermano.

—¡¿Entonces es verdad?! —Increpó Yhaon tratando de ganar tiempo— ¿Es cierto que mataste a tu propio hijo?

—¡¿Quién sabe?! —Gritó Otec alzando nuevamente su mano mientras uno de sus acompañantes obedecía y repetía la acción del anterior— ¡El cristal!

—Yhaon... —Murmuró Maliseche.

—¿Sí?

—No creo que sepa quién soy yo, o quien es Melindai... tal vez no sepa nada más además de que tenemos el cristal... deberíamos atacar ahora...

—Concuerdo... —Acotó Ubabickha.

—Bien... pero no conocen el poder de Otec... si lo atacan directamente a él, puede ser peligroso... lo mejor será atacar a sus lacayos... parecen usar el Kalag wa pozärú a su orden... lo distraeré... deben ser lo más directos posible, vayan por los que aún no están envueltos en llamas... Melindai ¿Puedes hacer un falso cristal?

—No es problema —Contestó la ginoide volteando y desprendiendo uno de sus dedos que inmediatamente se transformó en una réplica del Uza k'nemtry que entrego al jijebhaxu.

—¡El cristal! —Gritó nuevamente Otec mientras otro de sus lacayos emitía una nueva ola de calor junto a una peligrosa llamarada al tiempo que el alzaba nuevamente su mano.

—¡Bien! —Gritó Yhaon alzando su mano con el falso cristal en el —Tú ganas... —Cerró saliendo lentamente de la nave hacia su padre

—Muy bien —Murmuró Maliseche—. Esto será complicado... pero podemos hacerlo, Melindai, arroja todas las Ulýs que sean posible lo más rápido que puedas solo deja una copia tuya aquí, y otra que se esconda en la nave con el cristal, ataquen primero a los que aún no están envueltos en llamas, los que ya han usado el Kalag wa pozärú posiblemente usen el calor emitido a su favor y sean más rápidos, sin embargo, es probable que ataquen de frente, cuando lo hagan, no te preocupes, Ubabickha, las Kufihtago y yo nos defenderemos, recuerden, ellos son fuertes, pero son erráticos... ¿Listas?

—¡Si! —Exclamaron entre murmullos todos aquellos que aún se encontraban en la nave.

—¡Adelante! —Espetó Maliseche mientras una ola de Ulýs salía a toda velocidad capturando de inmediato la atención de Otec, quien a su vez fue rápidamente atacado por Yhaon capturando su completa atención mientras la horda de androides llegaba hasta los Puzarný'mang logrando decapitar a tres de ellos al instante, mientras una gruesa pared de tierra se alzaba frente a los demás.

—¡Krajiný'mang! —Exclamó Ubabickha— Melin...

—¡Tranquila anciana! —Cortó Maliseche—. Si se esconde detrás de las paredes entonces no atacaran tan rápido —Acotó el za'taiwo al tiempo que dos Puzarný'mang envueltos completamente en llamas saltaban sobre las paredes arrojando gigantescas llamaradas que algunas Ulýs no lograron esquivar siendo instantáneamente atacados por aquellas que lograron esquivar sus ataques logrando cercenar a uno de ellos mientras una nueva pared se erguía protegiendo al otro— Ya son cuatro menos...

—Tal vez debamos ayudar a Yhaon... —Murmuró la anciana al ver la superioridad de ataques con los que Otec no daba descanso alguno a su propio hijo.

—Con el Sol sobre nosotros… —Masculló el fornido capitán.

—¡Sí! —Espetó Ubabickha—. Lo sé… estaríamos en clara desventaja —Murmuró mientras tres Puzarný'mang atacaban nuevamente logrando arremeter contra algunas Ulýs que no dudaron en responder al ataque logrando así acabar con dos de ellos mientras el tercero se escondía tras una nueva pared— Sus ataques son fuertes… —Prosiguió— Logran calcinar a las Ulýs…

—Pero nadie los está controlando… —Acotó Maliseche— Por lo que podrán ser muy fuertes y rápidos… pero recuerda, también son erráticos… tal vez las Ulýs puedan con todos ellos… —Logró expresar con un aire de confianza el za'taiwo mientras una de las paredes se dividía arrojando una imponente llamarada de la cual inesperadamente aparecieron dos za'tizilowi que no dudaron en usar el Kalag wa pozärú generando en conjunto una intensa explosión que logro calcinar a algunas de las Ulýs más cercanas reduciendo su número a la mitad y escondiéndose tras dos nuevas paredes.

—¡Melindai! —Increpo la anciana—¿No se supone que puedes regenerarte?

—Si… —Murmuró la ginoide incomoda—. Pero mi regeneración depende principalmente de la cantidad de masa acumulada en mi interior, y debido a las necesidades actuales, muchas de las Ulýs se mantienen en funcionamiento con la menor cantidad de masa posible...

—Eso es un problema... —Gruñó la anciana.

—¡No por mucho! —Exclamó Maliseche apreciando a lo lejos una imponente tropa de Kufihtago montadas sobre grandes felinos de diversos colores que se acercaban a gran velocidad.

—Pensé que tardarían más... —Exhaló Ubabickha aliviada.

—Cuando las Ulýs atacaron envié algunos dedos para advertir y apresurar a las demás... —Acotó Melindai.

—Bien hecho... —Susurró Maliseche sin apreciar la felicidad en el rostro de su subordinada— Esperemos eso sea suficiente —Cerró viendo como la nueva Horda rodeaba y atacaba sin piedad a sus enemigos logrando así crear una apertura lo suficientemente grande como para acabar con los Krajiný'mang dejando completamente indefensos a los Puzarný'mang quienes no dudaron en atacar con toda su fuerza al tiempo que las Ulýs no titubeaban en contratacar sin preocuparse por si integridad física, abatiendo a casi la mitad de ellas, las cuales lograron acabar así con los enemigos restantes.

—Bueno... —Murmuró Melindai —Eso no fue tan difícil...

—Acabaron posiblemente con la mitad de tus Ulýs y contábamos con que su líder era distraído... si fuera otro el escenario... ya tendríamos la mitad de soldados vivos menos... —Gruñó Maliseche.

—Disculpe capitán... —Susurró la ginoide notando las implicancias de aquel enfrentamiento mientras una nueva ola de calor proveniente de Otec azotaba, notando como este aumentaba drásticamente las llamas a su alrededor y su velocidad propinando una impactante cantidad de golpes simultáneos de los cuales Yhaon logró escapar ayudado por una cuadrúpeda Ulý.

—Están cometiendo un error... —Espetó Otec acercándose con calma a la nave.

—Pero acabamos con tus refuerzos —Contestó Yhaon manteniéndose en pie gracias a Ubabickha y Jatriek a quien Otec parecía no haber reconocido.

—¡¿Refuerzos?! —Gritó el anciano entre risas—. Lo que acaban de hacer es darme libertad hijo…

—¿Qué? —Murmuró Yhaon confundido.

—¿Crees realmente que podrías distraerme con tu patético ataque hijo? Estoy seguro que te entrene mejor que eso...

—¡Melindai! —Cortó Maliseche.

—¡Sí capitán! —Contestó de inmediato la ginoide entendiendo la orden de su capitán al tiempo que docenas de pequeñas esferas salían disparadas de su cuerpo adhiriéndose a las Ulýs restantes quienes no dudaron en atacar siendo la mayoría inesperadamente calcinadas de manera casi instantánea por un conjunto de ataques que nadie excepto Melindai lograron ver.

—No… —Murmuró Ubabickha entendiendo el peligro que corría su clan indicándoles sin dudarlo que mantuvieran la distancia.

—Un movimiento prudente anciana —Masculló Otec— ¡Pero no lo suficiente! —Prosiguió apuntando con un dedo el cual de manera explosiva fue envuelto en una llama que rápidamente fue condensada en una línea de intenso calor que atravesó la cabeza de una de las Kufihtago más alejadas —Ahora… si no les molesta, agradecería el cristal… el que tome de las manos de mi deficiente hijo se derritió…

—Entonces parece que te quedaste sin lo que buscabas —Espetó Yhaon.

—No me insultes hijo… —Acotó el anciano disparando a otra Kufihtago—. Ese es uno de los siete cristales complejos que existen, su valor es incalculable, así como sus propiedades… entre las cuales claramente esta su mítica resistencia infinita.

—Siete… —Murmuró Melindai confundida.

—¿No crees que sería absurdo pensar que esa extraña princesita incitara todo este ataque por una simple réplica?

—¿Te refieres a Anselý?

—Cómo se llame... Cómo me encontró... o incluso cómo logro revitalizar mi moribundo cuerpo es algo que definitivamente no me interesa —Contestó Otec con desagrado—. Pero lo que si me interesa es la recompensas que obtendré si consigo ese cristal... ahora... si no les molesta... creo que tú ya no me sirves... —Cerró el anciano provocando una fuerte llama en su espalda que uso como propulsión para acortar de manera drástica su distancia con la nave, tomando inesperadamente a Yhaon por el cuello apartándolo de sus compañeros y calcinando así su cabeza en un instante.

—¡No! —Se escuchó al unísono mientras Maliseche alzaba sus manos empuñadas y disparaba con toda la energía de su chaqueta a Otec quien logro usar el cuerpo ya sin vida de su hijo como escudo antes de ampliar su distancia nuevamente.

—¡Maliseche no! —Gritó desconcertada Ubabickha al ver el despedazado cuerpo de Yhaon caer frente a ellos.

—¡¿Maliseche?! —Increpó el anciano mientras las llamas sobre su cuerpo comenzaban a incrementar—. Ahora entiendo porque ella dijo que aquí habría un premio mayor para mí que el cristal... ahora entiendo que hacía aquí el traidor de mi hijo... ahora... entiendo... —Cerró con un movimiento aún más veloz que el anterior asestando un fuerte golpe sobre la boca del estómago de Maliseche rompiendo incluso algunas de sus costillas, llevándolo de manera inmediata a la inconciencia para luego alejarse nuevamente con cierta extraña precaución.

—¡Capitán! —Espetó de inmediato Melindai mientras Maliseche caía pesadamente sobre sus rodillas tratando inconscientemente de recobrar el aire.

—¡Esto va a ser divertido! —Gritó satisfecho Otec con un nuevo y veloz movimiento avanzando hasta tomar a Maliseche por el cuello y arrojarlo lejos de la nave mientras este también tomaba distancia nuevamente.

—¡Capitán! —Espetó nuevamente Melindai mientras ella y las Ulýs restantes se reunían a su alrededor para protegerlo.

—¡La abominación que arruino la casa Pagtukod! —Gritó eufórico Otec acelerando nuevamente para tomar a una de las Ulý, alejarse y calcinarla completamente— ¡La escoria de la familia! —Gritó nuevamente acelerando una vez más, pero esta vez tomando del cuello a una Ulý en cada mano llevándolas al mismo destino que su predecesora mientras se alejaba—. Un monstruo que no debería siquiera estar consciente... —Susurró con desagrado.

—¡Detente! —Gritó Melindai poniéndose de pie y tornando sus manos en cuchillas.

—Valiente… —Gruñó Otec—. Pero estúpida —Cerró acelerando contra Melindai quien logró esquivar su intento de tomarle por el cuello al tiempo que ella trataba de cortar el cuello del za'taiwo el cual al notar el peligro exploto en una incontrolable llamarada alcanzando el cuerpo de Maliseche que las Ulýs restantes se encontraban retirando del lugar.

—¿Crees que eso es suficiente para mí? —Espetó Melindai quien solo había perdido algunas capas de piel restaurándolas sin problema arremetiendo casi al instante contra Otec quien no dudo en utilizar su velocidad contra la ginoide escupiendo una nueva llamarada la cual esta ignoro tratando de asestar un nuevo corte que el anciano fue capaz de evitar nuevamente.

—Me advirtieron de ti… —Gruñó Otec—. Se suponía que para eso me mandaron la inútil escolta con la que ya acabaron… —Prosiguió alzando los hombros—. Pero supongo que sí quiero acabar con la vida del asesino de mi hijo y tratar de restaurar la gloria de la casa Pagtukod… primero tendré que acabar con tu vida —Cerró incrementando las llamas en su espalda las cuales poco a poco comenzaron a rodear todo su cuerpo como una especie de armadura incrementando así también el calor en el lugar.

—¿El asesino de tu hijo? —Interrogó Melindai preparándose para atacar.

—¿Cómo crees acaso que murió mi amado Amahan? —Gruñó Otec arremetiendo a toda velocidad contra Melindai quien logró esquivar su primer ataque tratando de responder a este mientras el anciano lograba asestarle un inesperado golpe en el rostro que la logro alejar algunos metros.

—El asesino de su hijo… —Murmuró Ubabickha acercándose hasta el cuerpo de Maliseche junto a Zelika para curar las quemaduras en su rostro.

—Tal vez con su último aliento ella logró de algún modo bloquear su Íliumay… —Espetó Otec arremetiendo contra Melindai quien logró esquivar sus primeros golpes sin lograr responder a ninguno mientras este desprendía una poderosa onda de calor que logro quemar nuevamente algunas de sus capas de piel— ¡Pero esa abominación acabo con la vida de mi hijo! —Gritó lanzando una llamarada lo suficientemente potente para incinerar por completo la parte superior de la ginoide.

—¡Detente Otec! —Gritó Ubabickha tratando de ganar tiempo.

—Vaya… —Murmuró el anciano mientras una ya regenerada Melindai atacaba logrando clavarle una de sus cuchillas en una de sus piernas, provocando una inmediata reacción de Otec que nuevamente incinero parcialmente el cuerpo de la androide—. Esto me está comenzando a cansar… —Gruño el za'taiwo esquivando un nuevo ataque de una nuevamente ya regenerada Melindai expulsado todas las llamas sobre su cuerpo, creando un torbellino de fuego y logrando así finalmente desintegrar por completo a Melindai y algunas Ulýs restantes que trataron de proteger a Ubabickha quien debido a la intensidad de aquella llamarada perdió una de sus piernas mientras que Zelika logró cavar un acotado agujero para protegerse a ella y a Maliseche quien aún inconsciente perdió uno de sus brazos mientras la za'tezawo lo ingresaba en su improvisada trinchera.

—¡Basta! —Se escuchó entonces resonar desde la nave en una ahora desesperada Melindai quien sostenía sobre su mano el Uza k'nemtry— ¡¿Esto es lo que quieres no?!

—El cristal —Masculló Otec quien de algún modo también parecía haber sufrido algunas quemaduras.

—¡Déjalos y te entregare el Uza k'nemtry! —Espetó Melindai mientras las pocas Ulýs restantes ayudaban a Ubabickha, Zelika y Maliseche a subir a la nave donde Jatriek les esperaba.

—No sé cómo haces eso... —Gruñó el anciano—. Pero ya te derroté una vez... ¿Qué te hace pensar que esta vez sería diferente?

—Uhulaina… —Espetó entonces Melindai sin saber que más hacer al tiempo que el Uza k'nemtry parecía palpitar y todos a su alrededor sentían el malestar de aquellas palabras, notando que, a pesar del daño a sus amigos, también lograba afectar de igual manera a Otec por lo que no dudo en repetir— ¡Uhulaina! —Con mayor fuerza— ¡Uhulaina! —Nuevamente notando como el palpitar del cristal se volvía cada vez más potente — ¡Uhulaina! —Gritó entonces por última vez sintiendo como si el tiempo se detuviera en aquel instante y aquel objeto frente a ella le hablara repitiendo una simple palabra que de algún modo podía sentir en cada fibra de su ser— Jhzegit —Susurró entonces sintiendo una extraña y desmesurada energía que comenzó a fluir a través de ella hacia la nave mientras sus amigos finalmente lograban ingresar en la nave y Otec caía pesadamente sobre sus rodillas.

—¡Nave a su máxima potencia! —Gritó entonces Zil corriendo hasta Melindai—. El generador está a su máxima capacidad Melindai... el protoportal está listo... y además... el titán...

—¡Melindai! —Gritó Ubabickha acercándose ayudada por una Ulý— Mi gente... —Logró decir mientras docenas de réplicas se desprendían de la ginoide transformándose en grandes bestias que galoparon a toda velocidad tomando a todas las Kufihtago que habían logrado ocultarse y yacían inconscientes llevándolas hasta la nave al tiempo que un confundido Otec lograba nuevamente levantarse.

—Quédate abajo —Murmuró Melindai mientras las ultimas Kufihtago ingresaban en la nave— Quédate abajo —Reiteró al ver como las llamas alrededor de su cuerpo se encendían una vez más.

—¡Ya están todas! —Gritó entonces Ubabickha cerrando la plataforma mientras Otec se preparaba para atacar una vez más— ¡Zil sácanos de aquí!

—Desconozco el funcionamiento de esta nave…

—Inútil pedazo de…

—Silencio —Sentencio entonces Melindai— Esto se acabó… —Cerró mientras un extraño chirrido inundaba los sentidos de todos los presentes y el intenso calor del protoportal comenzaba a activarse llevándolos a todos a la inconciencia, y no dejando más que un cráter donde alguna vez hubo una batalla.

Fecha de navegación estelar:

13Tlo'k 3Flo't 6Clo't 9Nu'k 10Du'k 4Me'k 1Ke'k DP

Ubicación intergaláctica específica actual:

Irrelevante.

Última ubicación intergaláctica conocida: Irrelevante.

—Padre…

—¡Kuds! —Cortó mientras se levantaba de su silla Néphritel-gahum ignorando por completo las palabras de su hijo.

—¿Si… si señor Gahum? —Titubeo el pequeño asistente ingresando en la cabina de mando.

—Supongo que tienes una excelente excusa para lo ocurrió ¿no? —Gruño irónico el imponente za'tezawo acortando la distancia con su subordinado.

—Se… señor… yo…

—¿Sí? —Interrumpió Néphritel-gahum dejando caer su pesada garra metálica sobre la cabeza del subordinado.

—Puedo arreglarlo señor… —Murmuró Kuds entre sollozos —Solo… solo… necesito una oportunidad más…

—Eso fue lo que dijiste la última vez... —Gruñó incomodo Walay-gahum.

—Muy cierto Walaga... —Refunfuñó el za'tezawo— Muy cierto —Cerró aplastando la cabeza de su subordinado entre sus metálicos dedos.

—Señor —Resonó a través del intercomunicador mientras Néphritel-gahum limpiaba la sangre de su garra—. La líder de los Mailhily está aquí...

—Dile que pase...

—Sí señor.

—Y... envíen un grupo de... limpieza... —Cerró tomando asiento una vez más.

—Así que tú eres el famoso ser oculto detrás de toda esta porquería —Espetó una esbelta y atlética za'taiwo ingresando al lugar.

—La famosa Yi'tzha Mailhily —Murmuró Walay-gahum sirviendo un par de vasos de licor entregándole uno de ellos sin vacilar a su invitada.

—Tiempo sin verte Walaga —Murmuró la fémina aceptando la ofrenda— ¿Así que estuviste involucrado en esto todo el tiempo?

—Es... complicado...

—¿Complic...

—Yi'tzha Mailhily —Cortó súbitamente Néphritel-gahum—. Supongo que no es necesario presentarme...

—Has sido por incontables nu'k uno de mis mejores clientes... —Contestó altanera la za'taiwo bebiendo el licor en su mano—. Para este punto ambos sabemos que esa formalidad no es necesaria.

—Muy bien... —Prosiguió el za'tezawo—. Entonces vamos al punto...

—¿Qué hago aquí? —Gruñó la Mailhily.

—Me parece que ambos tenemos enemigos en común...

—Néphritel-gahum... Si es realmente para eso que me trajiste hasta aquí... permite ser clara en una cosa... No necesito tu ayuda para encárgame de eso...

—Debo tener mal la información entonces... —Masculló irónico el za'tezawo—. Pero hasta donde sé... ellos solos, fueron capaces de diezmar tu fortaleza en menos de un tri'c...

—¿Y qué hay con eso? —Prosiguió molesta la Mailhily— ¿Acaso vas a proporcionarme algún tipo de protección?

—No precisamente Yi'tzha, pero si te ofrezco algo mejor.

—¿Mejor?

—Que tal... venganza para empezar...

—¿Esto es alguna clase de chiste Néphritel? ¿Qué crees que soy? ¿Una niña? Si tienes algo realmente importante que decir... dilo...

—Maliseche Pagtukod el ultimo de su línea es una espina en mi garra... tú lo quieres muerto, yo lo quiero muerto y convenientemente una guerra se avecina... ¿Qué tal si se unen a mí?

—Creo que sabes que nosotros no trabajamos gratis...

—También sé que tu clan lleva bastantes clo't juntando los cristales... y hasta ahora solo tienen uno —Asevero el za'tezawo notando la incomodidad de la Mailhily— ¿No es una guerra la excusa perfecta para hacerse con el resto?

—¿Y por qué no buscarlos por nuestro lado? Tú mismo lo has dicho... pronto tendremos la excusa perfecta...

—Pero serian enemigos declarados de la federación y los pactos establecidos perderían su validez... —Acotó Walay-gahum.

—¿Es eso... una amenaza? —Gruñó la za'taiwo.

—No lo es —Contestó Néphritel-gahum—. Es solo un hecho... pero... ¿Por qué hacer las cosas del modo difícil cuando podrían simplemente unirse a mí?

—¿Entonces qué? ¿Luchare tus batallas y tendré tu permiso para buscar? Esa es una oferta realmente mala...

—¿Y qué tal si además te doy uno de los cristales?

—Padre...

—¿Realmente tienes uno?

—Tu misma lo dijiste... soy uno de tus mejores clientes...

—Pues ya tienes mi atención...

Continuará...

Escala de ciclos espaciales, «Ciclos Panahon».

Mi'p => Unidad de tiempo base creada para amortiguar la relatividad del tiempo existente en el universo, calculada por 3.000.000 de oscilaciones de la radiación emitida por un electrón de una partícula de Bulanzu (Bz) al saltar del primer al segundo orbital.

Ti'p	=>	60 mi'p
Tri'c	=>	60 ti'p
Ke'k	=>	33 tri'c
Me'k	=>	5 ke'k
Du'k	=>	4 me'k
Nu'k	=>	10 du'k
Clo't	=>	10 nu'k
Flo't	=>	100 nu'k /10 clo't
Tlo't	=>	1000 nu'k / 10 flo'k

1 Me'k está compuesta por 5 ke'k clasificados respectivamente como => Lefi — Dolu — Mube — Lumo — Sula

Agradecimientos

El camino ha sido largo, las risas, el llanto, los buenos y los malos ratos no han faltado, cada segundo que he tenido la fortuna de vivir, ha sido un segundo que espero haber aprovechado al máximo, es por esto que cada segundo, cada minuto, cada hora que me ha llevado hasta este punto, no ha sido tiempo perdido, por lo que agradezco a todos y a cada uno de aquellos seres que han pasado por mi vida, y de alguna u otra forma han dejado una huella en mí.

Mi primer y eterno agradecimiento, es siempre a mis progenitores a Elsa Castillo quien me trajo hasta este mundo y me otorgo el carácter para no rendirme, a Santiago Cuevas, quien, me ha enseñado a apreciar cada encanto de la vida y sin dudarlo me ha entregado su apoyo incondicional, sin él, tal vez muchos sueños no se habrían vuelto realidad.

Agradezco también de manera dichosa a Andrea Muñoz, aquella mujer que durante este tiempo ha logrado cada vez más entender aquellas locuras que constantemente abordan mi mente y que ha entregado llena de amor su apoyo con los más sutiles pero poderosos actos.

A mis hermosas primas Javiera y María José Canales quienes a pesar de todo siempre están a mi lado, riendo, llorando, disfrutando y a veces solo amando... ellas son una alegría en mi vida que espero jamás perder.

Y como olvidar a los amigos:

A José Canales quien a pesar de todo siempre ha tenido algo de tiempo para mí y mis locuras.

A Diego Muñoz quien, a pesar de su ajetreada agenda, siempre tiene tiempo para un amigo.

Y aquellas personas que me regalaron algo de su tiempo para dar una crítica o reflexión sobre mis letras, como también así, a todos aquellos que han disfrutado de mi locura y me han permitido seguir este camino, a todos ustedes... muchas gracias.

***El hombre más peligroso
es aquel que tiene miedo.***

Ludwig Borne

www.ingramcontent.com/pod-product-compliance
Lightning Source LLC
Chambersburg PA
CBHW071427130726
47998CB00014B/1687